La Vallée des Épines

Pour Sierra

Ouvrage publié originellement par Orchard Books
un département de Scholastic Inc.
sous le titre *The Land of Elyon Book II / Beyond the Valley of Thorns*

3, rue Bayard, 75008 Paris.
ISBN : 978-2-7470-2006-0
Dépôt légal : septembre 2007

Loi 49-956 du 16 juillet 1949
sur les publications destinées à la jeunesse.

ELYON

• Tome II •

La Vallée des Épines

Traduit de l'anglais par Danièle Laruelle

Patrick Carman

BAYARD JEUNESSE

À l'approche du soir, alors que les ombres entament leur descente sur Bridewell, les mêmes pensées inquiétantes reviennent me hanter. La noirceur envoie ses ombres pour ramener les hommes à elle, car c'est dans l'ombre que la noirceur agit. Et qu'advient-il de celui qui reste trop longtemps parmi les ombres, aux prises avec de sombres pensées ?

La noirceur le gagnera sans doute.

Extrait du journal de Thomas Warvold

La surprise et l'émerveillement sont le point de départ de la compréhension.

La Révolte des masses,
José Ortega y Gasset

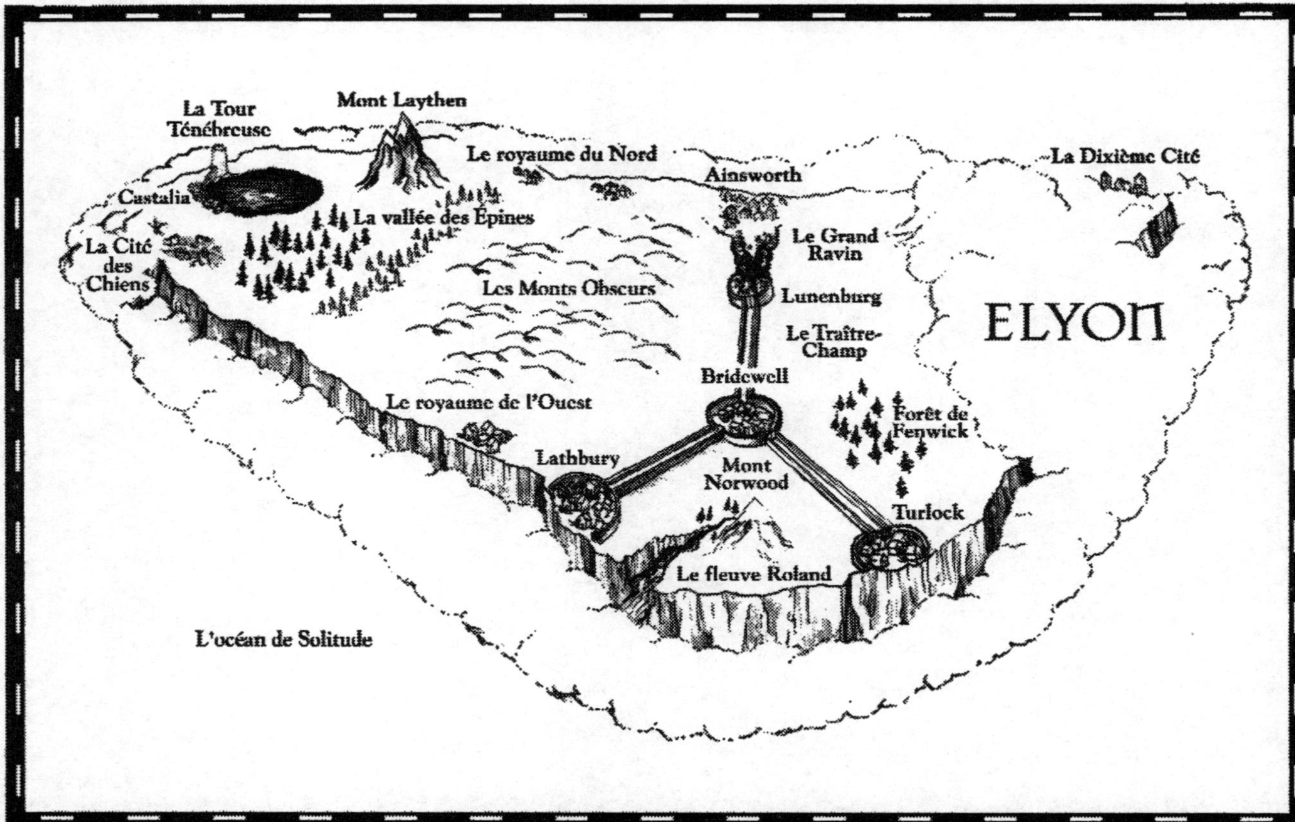
La Tour
Ténébreuse
Mont Laythen
Le royaume du Nord
Ainsworth
La Dixième Cité
Castalia
La vallée des Épines
La Cité
des
Chiens
Le Grand
Ravin
Les Monts Obscurs
Lunenburg
ELYON
Le Traître-
Champ
Bridewell
Le royaume de l'Ouest
Forêt de
Fenwick
Lathbury
Mont
Norwood
Turlock
Le fleuve Roland
L'océan de Solitude

Première partie

I
Mon arrivée à Bridewell

Quand je quittai Lathbury au petit matin pour Bridewell en compagnie de mon père, il me laissa conduire la carriole. Le trajet ne ressemblait guère à celui que j'avais effectué l'année précédente sur cette même route. Elle était à l'époque bordée de hautes murailles, qu'on avait abattues depuis. S'il faisait toujours aussi chaud, je voyais à présent les Monts Obscurs à ma gauche, le fond de la vallée et le mont Norwood à ma droite, et la masse verte de la forêt de Fenwick au loin. Tout en regardant le paysage, en respirant l'air lourd du parfum des fleurs, je rêvais malgré moi d'aventures, et je m'interrogeais sur celles que me réservaient encore les contrées reculées de la Terre d'Elyon.

Nous roulions, soulevant des nuages de poussière. Je guettais l'apparition d'animaux familiers, de faucons dans le ciel, mais le bruit des roues sur la chaussée les avait fait fuir.

Après les événements de l'été précédent, mon père se montrait plus protecteur que jamais. Comme je tenais à connaître les règles que j'enfreindrais sans doute dès que nous serions à Bridewell, je lui demandai :

– Tu veux bien me rappeler les consignes ?

Il taillait une badine avec son canif et me répondit sans lever les yeux de sa tâche :

– Ah oui, les consignes. D'abord et avant tout, interdiction formelle de sortir de la cité fortifiée, à moins qu'un adulte t'accompagne. Et, même en ce cas, je veux savoir où tu vas et pourquoi. Tu auras suffisamment de distractions en ville pour ne pas aller courir la campagne sans surveillance. Interdiction de fureter à travers Renny Lodge, d'épier des conversations que tu n'es pas censée entendre. Tu devras aussi dîner avec moi tous les soirs ; il faut que je te prépare à tes responsabilités futures. Encore quelques années, et tu travailleras plus que tu ne t'amuseras pendant tes séjours à Bridewell.

Je voyais mon enfance s'éloigner davantage à chacune de ses remarques, en particulier les dernières. À l'idée de devenir l'un des dirigeants de notre communauté, je regrettais déjà le temps où Warvold me racontait des histoires, où je parcourais les montagnes avec Yipes et Murphy… J'aurais aimé que mon père ne soit pas un personnage important ; j'aurais voulu être une fille anonyme allant de ville en ville, de lieu en lieu, libre de voyager selon sa fantaisie sur la Terre d'Elyon.

– Magnifique ! m'exclamai-je avec un enthousiasme feint.

J'avais exagéré… Le ton déplut à mon père, qui me jeta un regard mécontent, et le silence s'installa entre nous. Tandis que je rêvais d'aventures lointaines, il devait réfléchir au moyen de me tenir à l'œil pendant l'été sans que ses activités en souffrent.

Une demi-heure s'écoula ainsi, ponctuée de quelques rares paroles ; puis les murailles de Bridewell apparurent loin devant nous, au bout de la route. Dernières fortifications restantes, froides et solitaires, elles semblaient surgies de nulle part, plantées là, en pleine nature, tel un tronc d'arbre gigantesque dont on aurait coupé les branches. Je me sentis soudain exposée dans ce vaste espace ouvert, sans les murs que, l'été dernier, je désirais si fort voir abattre. Depuis qu'on les avait démantelés partout ailleurs, je ne parvenais pas à me débarrasser du sentiment d'insécurité qui me hantait jusque chez moi, dans notre maison de Lathbury, sur les hautes falaises déchiquetées qui surplombaient la mer.

En approchant du but du voyage, les chevaux accélérèrent l'allure. Bientôt, nous arrivâmes devant l'imposante porte de bois gardée par Pervis Kotcher, perché dans la tour de guet. Même à cette distance, je distinguais son visage étroit et sa fine moustache. Ses yeux noirs, toujours aussi perçants, observaient avec attention l'attelage, qui s'arrêta dans une brusque secousse à l'entrée de Bridewell.

– Aïe ! Voilà M. Daley, sa fille et les ennuis, lança bien fort Pervis à son compagnon. Mieux vaut doubler le nombre des guetteurs aux portes jusqu'à ce qu'elle s'en aille !

Je lui souris, la tête pleine de souvenirs. Mon esprit aventureux s'enflammait à l'idée de passer un nouvel été dans la ville fortifiée.

– Ravie de vous revoir, moi aussi, Pervis. Je serai trop heureuse de tromper votre surveillance jour après jour pendant ces quelques mois !

Nous entrâmes dans la cité pour une première journée bien occupée par notre installation à Renny Lodge. Là, je défis mon sac de voyage et retrouvai le plaisir des repas partagés avec mon père, Nicolas, Grayson, Silas Hardy… Pervis. Chacun de ces hommes avait joué un rôle important dans ma vie, en particulier lors des événements de l'année précédente.

En bon dirigeant, mon père était déjà pris par des réunions sans fin. Toujours mince et séduisant, Nicolas avait l'air grave ; il semblait avoir vieilli prématurément depuis la mort de son père. Que dire de Grayson à ceux qui l'auraient oublié ? Il conservait ses rondeurs, furetait sans cesse dans les cuisines en quête de gourmandises, et, comme par le passé, j'adorais lui rendre visite dans la bibliothèque où il restaurait des livres. Silas exerçait toujours ses fonctions de messager pour les notables et pour mon père, dont il était devenu un peu le confident. On les voyait souvent marcher côte à côte tout en discutant à voix basse. Pervis avait cessé de me suivre pas à pas pour m'empêcher de m'échapper, mais jamais il ne s'était montré plus vigilant, plus méfiant envers le monde extérieur. Inquiet, il passait la majeure partie de son temps à guetter depuis les tours et paraissait attendre Dieu seul sait quoi. Le seul absent était Ganesh. Malgré le temps écoulé, j'avais encore peine à croire qu'il nous eût trompés à ce point.

Au lendemain de cette journée de voyage et de retrouvailles, je pus m'asseoir pour réfléchir sur le rebord de ma fenêtre. Le mur d'enceinte de Bridewell m'apportait à présent un étrange réconfort. À le regarder ainsi depuis ma chambre, à le sentir autour de moi quand je me promenais sur la place, j'éprouvais un sentiment nouveau. L'été d'avant, je ne pensais qu'à m'évader, à franchir les murailles, et voilà qu'aujourd'hui j'appréciais la protection que m'offraient leurs bras puissants. Je les appréciais d'autant plus que je ne les avais pas vues depuis l'année précédente. Ma ville natale de Lathbury était bien différente ; elle se prélassait au bord de la falaise, ouverte à tous les vents, libre de s'étendre à sa guise. N'avais-je pas commis une erreur en jugeant ses murs effrayants au lieu de les accepter ? Lorsqu'un vœu se réalise, ce n'est jamais tout à fait ce qu'on avait prévu...

Pourtant, la présence rassurante des remparts ne m'empêchait pas de m'interroger : que découvrirais-je dans les Monts Obscurs, hors de portée de ma vue ? Que cachaient les brumes par-delà la forêt de Fenwick – en supposant qu'elles cachent quelque chose ? L'aventurière en moi rêvait encore de s'évader, d'aller beaucoup plus loin cette fois, passé les frontières du royaume, dans des contrées que seul Warvold avait explorées.

Le cours de ma rêverie me ramena à la bibliothèque et à mon vieux fauteuil ; aussitôt, je descendis de la fenêtre pour m'y rendre. J'entrai par la porte ouverte, accueillie par l'odeur familière des livres, les grincements du plancher sous mes pieds, le labyrinthe tortueux des étagères, et, de nouveau, je me sentis chez moi à Bridewell, comme si j'y avais ma place.

– Qui est là ? lança une voix depuis le bureau, la petite pièce encombrée où Grayson passait ses journées à restaurer des reliures anciennes en songeant avec délices à la confiture de fraises.

L'ayant vu la veille au dîner, je jugeai inutile de me répandre en salutations :

– Ce n'est que moi, Grayson. Je viens regarder ce qu'il y a à lire et m'asseoir un moment avant qu'il fasse trop chaud.

Aussi rondelet et joyeux que l'an passé, il se pencha pour me voir et sourit :

– C'est bien bon de te retrouver ici, Alexa ! On s'ennuyait ferme en ton absence. Tu vas pouvoir mettre de l'animation.

Il me coula un regard en coin, réfléchit à ce qu'il avait dit, puis ajouta :

– N'en mets pas trop tout de même, d'accord ?

Je fis oui de la tête et lui rendis son sourire avant de m'enfoncer à pas lents dans les profondeurs de la bibliothèque.

Tandis que j'avançais entre les rangées de volumes poussiéreux, parcourant les titres du doigt, je fus bientôt gagnée par une surprenante impression de routine. Le plancher produisait toujours les mêmes bruits sur le parcours sinueux qui menait à mon fauteuil préféré, caché dans un recoin par de hautes étagères. En chemin, je remettais de l'ordre sur les rayonnages, ce qui prolongea mon trajet à travers le dédale des allées. Arrivée au but, je m'arrêtai près de la fenêtre pour regarder le mur d'enceinte qui me toisait de sa masse aveugle, inamovible ; seul le vert du lierre qui l'escaladait pour dégringoler de l'autre côté donnait un peu de vie à l'imposante surface de pierre.

Dès que mes yeux se posèrent sur le fauteuil, j'eus envie de le déplacer pour tenter d'ouvrir la porte secrète qui se trouvait derrière. En me glissant par la trappe, je rejoindrais les tunnels qui couraient sous la ville et qui me permettraient de m'échapper dans la nature. À moi la liberté ! Rêve impossible, hélas. Mon père m'avait confisqué la clé d'argent qui actionnait le mécanisme de la serrure, et interdit à tout jamais d'emprunter les passages souterrains.

Faute de mieux, je me laissai choir sur le siège pour examiner les livres de l'étagère la plus proche. Tous m'étaient familiers ; j'en avais lu beaucoup, avec plaisir. Aujourd'hui cependant, je cherchais un ouvrage particulier – celui que j'avais laissé tomber par la trappe l'été précédent, *Aventures à la frontière de la Dixième Cité*. J'étudiai chaque rangée de volumes d'un bout à l'autre, en tirant certains, en poussant d'autres pour les aligner parfaitement. Ayant enfin trouvé mon livre, je repris place dans le fauteuil et, utilisant par habitude le vieux coffre de bois en guise de repose-pieds, je me mis à lire.

Dehors, la brise jouait dans les feuilles de lierre, qui dansaient et chantaient comme elles seules savent le faire.

Puis un autre bruit me parvint. Un bruit insolite, léger, à peine audible. On frappait.

Toc, toc, toc.

Après un coup d'œil alentour, je me levai, le livre à la main, puis me penchai par la fenêtre ouverte en tendant l'oreille.

Toc, toc, toc.

Plus fort cette fois, le son ne provenait pas de l'extérieur. Je me retournai vers les étagères et ne bougeai plus.

Toc, toc, toc.

Le livre m'échappa des mains, heurta le sol dans un bruit sec. Immobile, je retins mon souffle.

Toc, toc, toc.

On frappait derrière mon fauteuil, de l'autre côté de la porte secrète !

II
Un message inattendu

Zigzaguant le long des allées, je traversai la bibliothèque. Je guettais un signe de Grayson au cas où il serait dans les parages. Voyant qu'il s'était absenté, je regagnai mon petit coin en hâte et entrepris de déplacer le fauteuil le plus discrètement possible. Si j'avais un an de plus, j'étais toujours aussi chétive, sans trop de muscles sur mes maigres bras. Au prix d'un gros effort, j'écartai le siège de la porte dérobée et m'accroupis pour écouter. Avais-je imaginé ces bruits dans mon désir fou d'aventures ? Je commençais à le croire quand j'entendis un léger cliquetis. La petite porte pivota en grinçant sur ses gonds, et découvrit un puits de ténèbres.

Un peu effrayée, je restai en arrière. C'est alors qu'apparut une tête minuscule, tandis qu'une voix aiguë que je connaissais bien lançait :

– Je me demandais si tu comptais me laisser moisir là toute la matinée !

C'était Yipes, accroché à la vieille échelle qui descendait dans le noir ; un sourire large comme un parapluie lui mangeait le visage.

– Ça alors ! m'exclamai-je. Qu'est-ce que tu fabriquais en bas ? Je n'en reviens pas de te voir !

Il bondit hors du tunnel pour s'accroupir près de moi, derrière le fauteuil, et posa un doigt sur ses lèvres :

– Chut ! Nous ne sommes peut-être pas seuls. On pourrait nous entendre.

– Mais pourquoi rôdais-tu dans les anciens passages souterrains ?

Il grimpa sur le dossier de la chaise, escalada les étagères et passa de l'autre côté. Ses pieds agiles faisaient un bruit léger, à peine perceptible, tandis qu'il sautait d'un meuble à l'autre. Sans bouger de ma place, je fixais les rayonnages derrière lesquels il avait disparu en me demandant où il était passé et quand il reviendrait.

– Tu peux sortir de ta cachette maintenant.

Surprise, je sursautai. Il était derrière moi, assis sur le rebord de la fenêtre.

– C'est malin de me faire peur ! Tu es pire que Murphy, ma parole !

– Nous sommes de mèche, lui et moi. C'est tellement drôle de te tomber dessus quand tu t'y attends le moins ! Il serait dommage de rater une si bonne occasion. Quoi qu'il en soit, Grayson est parti aux cuisines. Nous sommes seuls ici pour le moment, libres de parler tranquillement.

Contournant le fauteuil, je m'y installai face à la fenêtre, et face à Yipes, assis sur ses talons, prêt à filer à la première alerte. À chacune de nos rencontres, je m'étonnais de sa petite taille. Son visage chaleureux à la peau brune, tannée par le grand air, s'éclairait d'un sourire sous son nez pointu, preuve qu'il était heureux de me revoir.

– Je suis ravie de te retrouver, Yipes ! Mais tu ne devrais pas traîner dans les tunnels. C'est interdit, les gardes font des rondes toutes les heures pour vérifier s'il n'y a pas d'intrus.

Pervis avait depuis longtemps aménagé un accès à ces souterrains dans un étroit bâtiment de pierre situé dans la cour et, pendant de longs jours, il les avait parcourus l'un après l'autre, s'assurant que personne ne s'y cachait. Les gardes en connaissaient chacune des entrées et des sorties, qui avaient été scellées définitivement.

– Je ne comprends même pas que tu aies réussi à y pénétrer. Je croyais que Pervis les avait fait bloquer de l'extérieur.

Yipes se pencha vers moi, une lueur malicieuse dans l'œil :

– Il y a toujours moyen de se faufiler quand on est suffisamment petit.

Il paraissait fier de lui. J'étais très curieuse d'en apprendre davantage sur ce passage secret, de savoir où il conduisait.

– J'ai une chose importante à te dire, Alexa.

Il tendit le cou d'un côté, puis de l'autre, guettant le moindre bruit suspect avant de reprendre :

– Quand tu étais encore toute jeune, après la mort de Renny, Warvold est parti en voyage. Il est resté longtemps absent, sans que personne sache où il était. À son retour, il m'a rendu visite. Je venais alors de construire ma maison dans la nature. Jamais il ne m'avait semblé plus inquiet ! Il m'a confié un pli avec mission d'en prendre grand soin.

Yipes ouvrit son gilet, plongea sa main minuscule à l'intérieur et en sortit une très vieille enveloppe, qu'il me donna. Elle était sale, pitoyable, écornée ; des taches rougeâtres – sans doute du vin renversé autrefois – maculaient la partie écrite. Dessus, on avait griffonné ces huit mots :

Pour Alexa Daley. À remettre en mains propres un an après ma disparition.

Afin de profiter de la lumière du jour, je rejoignis Yipes à la fenêtre. Un message de Warvold ! Cela me faisait tout drôle. À la seule mention de son nom et de celui de Renny, des frissons d'espoir me parcouraient le corps ; plus étrange encore, j'éprouvais une émotion intense, un besoin irrépressible d'être de nouveau auprès d'eux.

– Tu aurais pu me donner ça plus tôt ! Il y a déjà un an qu'il est mort.

Yipes passa d'un pied sur l'autre, se détourna de moi avant de répondre :

– Cela fait un an tout juste, Alexa. Il fallait attendre un an, c'est écrit dessus. Sinon, je n'aurais pas tardé autant, je te le jure ! J'ai passé des nuits entières à tenter de lire à travers l'enveloppe à la flamme d'une chandelle, mais elle est trop épaisse.

Il s'interrompit, se gratta le genou :

– Quoi qu'il en soit, elle est entre tes mains à présent. Je te conseille de l'ouvrir au plus vite. J'ai l'impression qu'il souhaitait te confier une mission, et que le moment est venu pour toi de l'accomplir.

Mille questions se pressaient dans ma tête. Mes doigts tremblaient tandis que j'examinais la lettre. Que pouvait-elle bien contenir ? Enfin, je la retournai pour en briser le cachet de cire avec précaution. À l'intérieur, il y avait une feuille de papier jauni pliée en deux, dont le bord se fendillait. Il y avait aussi une enveloppe plus petite, adressée à mon père. L'ayant mise de côté, je dépliai la feuille et lus à haute voix :

Alexa,

Je connais Yipes depuis longtemps ; il est le seul à qui je puisse confier ce message. Tu as beaucoup à apprendre, mais je ne peux pas te dire grand-chose pour le moment. Si je révélais tout, tu n'aurais, j'en ai peur, pas le courage d'entreprendre la tâche qui t'incombe. Je ne te dirai donc que le strict nécessaire.

Il existe une grotte cachée dans les Monts Obscurs, plus loin que ne porte le regard depuis Bridewell. Dans cette grotte, il y a un objet que tu devras récupérer, un objet important, particulièrement précieux. Il t'est destiné, Alexa ; il te faut le retrouver ! Je prends la liberté de joindre à ce message une lettre pour ton père. Laisse-la-lui, et il ne se lancera pas à ta recherche. Tu partiras pour un voyage secret auquel il ne peut participer. Il est au courant de certains faits, de certains événements ; je te promets qu'il comprendra les raisons de ton départ pour les Monts Obscurs.

Et maintenant, en route !

Warvold

Sous ces mots, une carte compliquée indiquait comment se rendre en un lieu dont j'ignorais tout. Pour bien marquer le but de mon voyage, on avait souligné son nom de deux traits ondulés : « Cavernes des Monts Obscurs, chambre secrète à l'extrémité est. »

Je levai les yeux vers Yipes, le cœur débordant de joie à la perspective de vivre cette aventure qui aurait dû me glacer d'effroi. Depuis sa tombe, Warvold m'appelait pour une mission inattendue et périlleuse ; mais je n'en étais pas surprise, comme si, au fond de moi, je n'espérais que cela. Un sourire radieux fleurit sur mes lèvres :

– C'est fabuleux, Yipes ! Tu viendras avec moi ?

– Voilà une offre qu'on ne refuse pas !

Je le devinais aussi excité que moi à l'idée des découvertes que nous ferions dans les Monts Obscurs.

III
La caverne secrète

Ayant regagné ma chambre, j'entassai dans mon sac de cuir tout ce qui me semblait utile ; puis je repris le chemin de la bibliothèque en faisant une halte à la cuisine. C'était en milieu de matinée, à l'heure où le personnel prenait un moment de pause au fumoir. J'allai jusqu'à un immense garde-manger pour achever de remplir mon sac avec de la viande boucanée et des fruits secs.

À mon retour, Grayson était de nouveau dans son bureau, où il s'affairait sur un volume particulièrement imposant. Sachant que je n'échapperais pas à son attention, je passai la tête à l'intérieur. Abandonnant sa tâche, il leva les yeux et vit le sac que je portais sur l'épaule :

– Alors, tu pars en voyage ?

– J'emporte juste des livres et de quoi grignoter pour une après-midi de lecture et de promenade en ville.

– Ah, tu en as, de la chance ! Je t'aurais accompagnée avec plaisir si je n'étais pas en retard dans mon travail. Il faut que je termine la restauration de ce livre, Silas doit le rapporter à Ainsworth ce soir. Je ne suis pas au bout de mes peines !

Il se pencha pour reprendre son ouvrage ; son gros ventre frottait contre le bord de sa table. « Ouf », pensai-je, soulagée. Imaginez qu'il ait voulu venir avec moi !

– Heureuse lecture à toi, dit-il, et je le quittai pour me diriger vers le fond de la salle.

Je retrouvai mon fauteuil comme je l'avais laissé – à sa place, devant la porte dérobée, refermée avec soin. Yipes avait disparu. Une fois de plus, je me demandai si je n'avais pas rêvé.

Je sortais de mon sac l'enveloppe adressée à mon père pour la poser sur le fauteuil quand j'entendis frapper doucement.

Toc, toc, toc.

Cette fois, je savais qui m'attendait en haut de l'échelle. Au prix d'un rude effort, je déplaçai de nouveau le siège pesant ; Yipes était là, accroché à un barreau, caché au cas où Grayson viendrait voir ce qui se passait. Il descendit un peu, et je me glissai par l'ouverture. L'air souterrain rafraîchissait ma peau. Après un dernier regard à la bibliothèque, je tirai la porte secrète derrière moi.

Le puits était plus sombre que dans mes souvenirs : la faible lueur de la lanterne entamait à peine l'obscurité oppressante qui nous enveloppait. Je me sentais comme une minuscule luciole solitaire, perdue dans les profondeurs de la nuit.

– Chut ! Pas un bruit, murmura Yipes. Des gardes font peut-être leur ronde.

Je hochai la tête en guise de réponse, et nous continuâmes notre descente en silence. En bas de l'échelle, je suivis Yipes dans les tunnels. La lampe qu'il tenait dans sa petite main projetait des ombres mouvantes sur les parois. Nous marchâmes un long moment, tournant ici et là, passant par des endroits que je n'avais encore jamais vus. Alors que nous arrivions à un brusque virage sur la droite, Yipes s'arrêta, recula et s'accroupit, puis souffla la flamme de la lampe. Je l'imitai et ne bougeai plus.

– Que se passe-t-il ? demandai-je tout bas.

Dans le noir, je ne le voyais plus. Sans un mot, il me toucha l'épaule, sa main remonta jusqu'à ma joue et ses doigts se posèrent sur mes lèvres. Quelques instants plus tard, j'aperçus au loin les reflets dansants d'une torche qui venait vers nous.

L'instinct me criait de fuir avant que le garde nous découvre, mais la main de Yipes pressait mon épaule, m'ordonnant de rester tranquille. La lumière approchait et se faisait plus vive ; j'entendais maintenant un bruit de pas.

Le souffle court, plaquée contre la paroi, je luttais contre l'envie de prendre mes jambes à mon cou. Yipes me retenait toujours. Au moment où je m'attendais à voir le garde apparaître au tournant, la lumière de sa torche décrut, le bruit de ses pas s'atténua, et, de nouveau, ce furent l'obscurité et le silence.

– Où est-il allé ? chuchotai-je.

– Derrière ce coude, un autre tunnel part sur la droite. J'ai observé les gardes pendant leurs rondes. Ils prennent systématiquement par là, font demi-tour et passent ensuite par ici. Nous avons tout juste le temps de traverser avant que le nôtre revienne.

Nous nous relevâmes dans le noir, cherchant le mur à tâtons. Je négociai le virage à la suite de Yipes, puis nous traversâmes l'embranchement. La lumière s'éloignait dans le souterrain emprunté par le garde. Marchant à l'aveuglette, je trébuchai sur un caillou et laissai échapper un petit cri. Yipes m'aida à retrouver l'équilibre et me tira en avant tout en pressant le pas.

– Qui va là ? s'écria le garde.

Déjà, il rebroussait chemin. Je n'y voyais rien du tout ; Yipes m'entraînait toujours, accélérait encore. Soudain, il tourna sur la gauche.

– Montrez-vous ! ordonna le garde.

Il passa devant l'endroit où nous nous étions dissimulés et continua droit devant lui, dans la mauvaise direction. Avec la prudence silencieuse des chats, nous continuâmes de notre côté, jusqu'à ce qu'une bonne distance nous sépare de lui. Je commençais à croire que nous l'avions semé dans le dédale des tunnels.

– Il s'en est fallu de peu, remarqua Yipes au bout d'un moment. Ce n'est plus très loin. Tiens bien ma main, je pourrais faire le chemin les yeux fermés.

Après quelques nouveaux virages et méandres, il s'arrêta et relâcha ma main. Je ne savais plus où il était quand un rai de lumière apparut soudain au ras du sol. Yipes avait ôté les planches de la paroi et, à la faible lueur filtrant par l'ouverture, je vis que nous nous trouvions dans une pièce aux murs tapissés de lattes en bois. À en juger par son apparence, elle avait sans doute servi de dortoir aux évadés du bagne qui se cachaient dans les souterrains.

– Vas-y, dit Yipes. Le boyau est étroit, mais nous serons bientôt dehors.

Une fois de plus, il m'encourageait à aller de l'avant. À croire qu'il ne connaissait pas d'autre direction. Il m'avait déjà propulsée ainsi à travers des tunnels, des forêts, et semblait à présent décidé à me pousser plus loin encore qu'au cours de mes précédentes aventures. Il était mon ami, j'avais confiance en lui. J'obéis donc. Ayant examiné le trou, je tendis les deux bras, comme pour plonger dans une mare. Une fois à l'intérieur, avancer n'était pas une mince affaire ; cependant je parvins à ramper tant bien que mal, jusqu'à ce que ma tête émerge à l'air libre, sous le soleil aveuglant et chaud.

Yipes sortit à son tour. Nous étions dans les Monts Obscurs, en vue du mur d'enceinte de Bridewell, un peu trop proche à mon goût. Par chance, les épais taillis dissimulaient notre présence ; ils formaient des tunnels de végétation qui s'éloignaient de la ville fortifiée pour s'enfoncer dans la nature sauvage.

– Le garde est peut-être allé chercher des renforts, m'avertit Yipes. Mieux vaut ne pas s'attarder ici !

Nous nous engageâmes dans les broussailles, marchant aussi vite que nous le pouvions. La chaleur y était accablante ; nous suffoquions dans l'espace restreint en pénétrant toujours plus loin au cœur d'un territoire où je n'aurais jamais cru avoir le courage de m'aventurer. Nous progressâmes ainsi pendant un long moment, jusqu'à une fourche où le sentier se divisait en trois branches. Yipes s'arrêta et déclara :

– C'est ici. Ici que commencent les indications de la carte.

Je la sortis de mon sac pour l'étaler sur le sol. Il y avait effectivement une fourche, et trois sentiers partant dans des directions différentes. D'après la carte, nous devions prendre celui du milieu et le suivre jusqu'à un énorme rocher. Là, nous trouverions un espace découvert, et l'entrée de la caverne secrète.

– Nous n'en sommes pas trop loin, moins de deux milles, dit Yipes. En route ! Nous ne savons pas ce qui nous attend là-bas.

Environ une demi-heure plus tard, nous quittions le dédale des taillis pour une zone caillouteuse, plus aride. Nous étions dans un long ravin étroit, encombré de broussailles et d'épineux d'un vert profond, d'arbres morts aux formes torturées. Tout était terne et triste, sec et cassant sous le pied. Où que se porte la vue, le paysage était parsemé de gros rochers aux couleurs indéterminées.

Je m'assis sur le sol tiède pour étaler la carte devant moi :

– Il y a des rochers partout, Yipes. Mais celui-ci est beaucoup plus gros que les autres.

Du doigt, je désignai une masse de pierre d'un rouge brunâtre. On aurait dit un nez monstrueux sorti de terre.

J'essuyai la sueur de mon front, bus quelques gorgées d'eau à ma gourde, puis nous fîmes le tour du rocher à travers les broussailles, cherchant l'entrée de la caverne secrète. Des nuages blancs cotonneux passèrent devant le soleil, et l'ombre envahit le ravin.

Yipes grimpa au rocher et se percha tout en haut, juste sur le bout du nez. Il regardait avec attention les alentours, mesurant du regard les arbres morts et les buissons l'air de vérifier que tout était bien à sa place. Quelques instants plus tard, il bondit d'un côté à l'autre du rocher, puis il sauta à terre, à quelques pas de moi.

Quand il toucha le sol, le choc produisit un bruit inattendu : cela sonnait le creux, comme s'il y avait un vide sous les pieds de Yipes. Il sauta de nouveau, et j'eus le sentiment que ce coin de sol avait quelque chose de bizarre... Sautillant toujours, il s'éloigna du rocher, jusqu'à se retrouver sur un terrain solide.

Alors, il se tourna face au nez de pierre et s'accroupit. Au même moment, nous remarquâmes tous deux, non sans surprise, un petit morceau de corde grossièrement torsadé, à demi enfoui sous la terre meuble. Yipes en prit le bout, l'examina, puis me le tendit :

– À toi l'honneur, Alexa.

J'empoignai la corde et tirai ; une trappe de bois se souleva d'un coup dans une avalanche de terre et de poussière tandis que, en dessous, araignées et insectes couraient en tous sens. Une bouffée d'air frais et humide monta du trou tout noir qu'elle recouvrait.

IV
John Christopher

Je m'assis avec Yipes au bord du trou, les jambes dans le vide ; malgré l'odeur de renfermé, le souffle de l'air humide était rafraîchissant. De la main, je tâtai le rebord de l'ouverture, la terre ferme, tassée, puis je me penchai en avant. Vers le bas, la paroi devenait de plus en plus froide sous mes paumes. Je restai un moment ainsi, jambes et bras pendants, puis, sentant une araignée courir le long de mes doigts, je ramenai prestement mes membres à l'extérieur, dans la chaleur accablante du ravin.

– Nous n'avons pas le choix, dit Yipes. Il va nous falloir descendre, et le plus tôt sera le mieux. Au moins, nous n'aurons pas aussi chaud dans ce trou !

Il n'y avait pas d'échelle le long des parois, et, si la lumière du soleil entrait à flots dans le puits, je n'étais pas certaine de ce que je voyais au fond – était-ce ou non le sol d'un tunnel ? Si oui, je pouvais sauter, il n'était qu'à sept ou huit coudées. Mais ma vision se brouillait, je n'étais plus sûre de rien. Après avoir essuyé la sueur qui ruisselait sur mes joues, je lâchai dans le trou une pierre de la taille de mon poing, et je tendis l'oreille en la suivant des yeux. À mon grand soulagement, elle toucha rapidement le fond ; je la voyais bien, grise parmi les ombres, moins de dix coudées plus bas. Yipes sauta le premier et se reçut sans difficulté apparente, ce qui me donna le courage de l'imiter. Même si, emportée par l'élan, j'atterris brutalement à quatre pattes, nous étions arrivés indemnes dans la caverne secrète.

Je repris la pierre que j'avais lancée, pensant qu'elle ferait une bonne arme en cas de nécessité. Un tunnel unique partait de là, moins haut que je ne l'espérais : il me fallait baisser la tête pour avancer. Au bout de six pas dans ce nouveau monde souterrain, je me trouvai dans l'obscurité presque totale, suivie de près par Yipes. Un petit animal, sans doute un mulot, courut à mes pieds tandis que j'écartais les toiles d'araignées. D'un geste machinal, je tendis la main pour toucher la voûte de terre. À mesure que nous progressions, le tunnel s'élargissait, devenait moins bas, de sorte que je pouvais à présent me tenir droite dans l'air humide et froid. Devant moi, j'apercevais de la lumière, non pas celle du soleil qui filtrait par la trappe que nous avions laissée derrière nous, mais plutôt la lueur d'une lampe lointaine. Sans perdre le contact avec la paroi fraîche, je me retournai : à l'autre extrémité du passage souterrain, il y avait une tache de lumière ronde, l'ouverture par laquelle nous étions entrés ; en regardant dans le sens où nous allions, je percevais toujours au loin la lueur vacillante d'une lampe. Soudain, j'entendis un claquement retentissant dans mon dos au bout du tunnel, et un coup d'œil m'apprit que la tache lumineuse avait disparu. Quelque chose ou quelqu'un venait de nous couper la retraite ! Nous étions en fâcheuse posture…

– C'est bien ennuyeux, remarqua Yipes.

– Nous n'avons plus le choix, maintenant. Ce que Warvold souhaitait que nous trouvions est quelque part dans cette caverne. J'espère seulement que cela n'a ni griffes ni crocs acérés.

Une petite créature velue effleura ma cheville. Je bondis en poussant un cri et me cognai la tête au plafond, dont la terre s'effrita pour se répandre sur moi.

– Nous sommes suivis, Yipes ! lâchai-je. Il y a une bête à mes pieds.

– C'est sans doute un mulot ou un rat. Tant qu'il ne te grignote pas les orteils, il n'y a pas lieu de s'inquiéter.

Je m'époussetai et repris ma marche en direction de la lueur, avançant prudemment dans l'obscurité, bras tendus devant moi pour écarter les toiles d'araignées et localiser d'éventuels obstacles.

– Hou hou ! Il y a quelqu'un ? lançai-je d'une petite voix.

– Oui, moi, plaisanta Yipes.

Je ne pus m'empêcher de sourire. Je répétai ma question, plus fort, mais personne ne répondit.

À dix coudées de nous, on avait posé trois grosses chandelles sur une grande table de pierre. Une ombre remua, et mon souffle s'étrangla dans ma gorge. Je me plaquai aussitôt contre la paroi et ne bougeai plus malgré le froid qui me mordait la nuque. De nouveau, quelque chose se frottait à ma cheville, marchait sur mes sandales ; mais, comme les chandelles éclairaient le sol, je pus apercevoir la silhouette d'un énorme rat sur mon pied gauche. Avec un hurlement, j'envoyai la sale bête voler dans le tunnel. Elle rebondit contre le mur opposé avec un bruit sourd, puis elle fila hors de ma vue.

Je sursautai de nouveau en entendant quelqu'un lancer :

– Eh bien, approchez ! Nous n'allons pas passer la nuit ici. Il y a beaucoup à faire et le temps presse !
La voix, grave mais amicale, m'était inconnue.

Yipes fut le premier à réagir :

– Qui êtes-vous ? Pourquoi êtes-vous ici ?

Après un long silence, on répondit :

– Je m'appelle John Christopher. Warvold m'a prié d'être là à votre arrivée. Si cela ne suffit pas à vous rassurer, peut-être qu'un de vos amis y parviendra.

La voix se tut pendant quelques instants avant de reprendre :

– Cette malheureuse bête que vous avez chassée à coups de pied dans le noir est un petit rongeur qui me rend fou depuis des heures. Il ne tient pas en place et court dans tous les sens à travers la caverne. Je crois que vous connaissez déjà Murphy ?

Je sortis de l'ombre tandis que l'écureuil se précipitait à ma rencontre pour sauter dans mes bras.

– Murphy ! m'écriai-je. Quelle merveilleuse surprise !

Yipes parcourut le reste du chemin ; je le suivis tout en caressant la douce fourrure de Murphy. Nous étions maintenant dans une petite chambre souterraine, faiblement éclairée par les trois grosses bougies.

– Je suis vraiment contente de te revoir, murmurai-je au petit animal. Dommage que je n'aie pas une Jocaste pour que nous puissions bavarder tous les deux.

– Vous allez devoir vous habituer à tâtonner dans les ténèbres, dit John Christopher. Ce sera souvent notre lot dans les jours qui viennent.

À la lueur dansante des flammes, on distinguait les contours de son visage et ses yeux vifs. C'était un homme de grande taille, mince mais puissant. À ma grande surprise, il avait le front marqué au fer rouge d'un C. Soudain, je me sentis à l'étroit dans la caverne, en présence de cet ancien condamné.

– Je vois que vous avez remarqué mon front, dit John. Parfait. J'aime autant que nous mettions cela au clair avant d'entreprendre quoi que ce soit.

Je donnai une petite tape sur le crâne de Murphy et le déposai à terre. Après quelques gambades, il bondit sur la table, au centre de la pièce. Sa longue queue en panache projetait des ombres fantasques sur les murs.

– Murphy ! s'écria Yipes. Par pitié, calme-toi, tu vas nous donner le tournis !

Murphy s'éloigna des chandelles pour exécuter un salto arrière, la queue entre les pattes de devant. Il s'agitait toujours, presque comique avec ses grands yeux noirs exorbités et cette expression naïve sur sa jolie petite frimousse.

– Je me demande ce que nous allons faire de lui, lança l'homme. Le malheureux est incapable de se tenir tranquille. Vous l'avez déjà vu dormir ? C'est la même chose. Il gigote et se tortille sans arrêt. Je ne sais pas combien de temps j'aurais supporté de rester coincé ici avec lui. Une journée m'a suffi.

Tous les regards convergeaient sur Murphy, qui éternua trois fois en cinq secondes tout en retenant sa queue à deux pattes, ce qui n'avait pas l'air si facile. Tandis que Yipes s'efforçait de le calmer, John reprit la parole :

– Où en étions-nous ? Ah oui, à la lettre C sur mon front. Il est vrai qu'autrefois j'ai été prisonnier, affecté au service de M. Warvold. Nous avions des relations privilégiées, lui et moi. J'étais ce qu'il est convenu d'appeler un petit délinquant. Je ne volais que le strict nécessaire à ma survie : un peu de pain ici, un poulet là ; je profitais de l'abri gratuit d'une grange ou d'une cabane. Warvold a vu que je savais me rendre utile, qu'on pouvait me confier une importante mission secrète. Et c'est sur cette mission que nous devons nous concentrer.

Je ne pus m'empêcher de l'interrompre :

– Pourquoi avez-vous refermé la trappe dérobée par laquelle nous sommes entrés ?

– Vous vous êtes fourvoyés dans un endroit dangereux. On ne sait jamais trop ce qui rôde dans les Monts Obscurs, ce qui aurait pu s'infiltrer ici si je n'avais pas scellé l'accès.

Murphy lâcha sa queue et se remit à batifoler, jetant des ombres dans tous les sens.

– Murphy ! aboya Yipes.

Cette fois, l'écureuil bondit de la table dans mes bras et se cacha la tête au creux de mon coude. Un profond silence tomba sur la pièce. Stupéfaite, je vis alors John se pencher et souffler les chandelles, nous laissant dans le noir absolu.

À présent, nous étions sans protection aucune.

V
Ce que Warvold a laissé à son départ

De froides ténèbres enveloppaient la pièce. Apeurée, je reculai jusqu'à la paroi pour m'y adosser tout en appelant Yipes dans le noir. Murphy s'agitait entre mes bras ; il finit par s'installer sur mon épaule, fouettant ma nuque de sa queue. Je tournai la tête vers lui : nous étions nez à nez, pourtant je ne distinguais pas son museau.

– Prenez ma main, dit John. Allons, prenez-la. Inutile de gâcher le peu de temps dont nous disposons à tourner en rond comme des aveugles.

J'appréhendais de mettre ma main dans la sienne ; je le connaissais à peine, et il était beaucoup plus fort que moi. Dans l'obscurité de la caverne, mes doigts tremblaient. Je me sentais prise au piège, impuissante et contrainte à obéir.

Gardant une main sur le mur, je tendis l'autre dans le vide. Elle disparut complètement dans celle de John, dont la peau rêche avait la texture noueuse d'une vieille corde. Je l'agrippai fermement, et il m'entraîna le long de la paroi, jusqu'à ce que, désorientée, je ne sache plus où nous étions.

– Asseyez-vous, Alexa.

De ma main libre, je tâtai le sol frais et m'assis avec précaution. Toujours perché sur mon épaule, Murphy s'accrochait à mes cheveux et frissonnait de terreur. Yipes était quelque part dans la pièce, silencieux au point que je n'avais aucune idée d'où il se trouvait ni de ce qu'il faisait.

Dans la sombre nuit de la grotte, je restai un moment ainsi, à écouter le bruit d'une pierre coulissant sur une autre à quelques pas de moi. Et puis, miraculeusement, une lumière liquide, plus vive que celle des chandelles, baigna soudain tout l'espace. Le bruit de frottement persistait tandis qu'un kaléidoscope de couleurs flamboyantes répandait ses feux autour de nous. Avec Murphy sur le dos, je rampai jusqu'à la source du prodige et regardai par-dessus le rebord d'un gros rocher. Dans la dalle plate on avait creusé une cuvette, au fond de laquelle, sous une coudée d'eau, brillait une pierre aux éclats rouges et jaunes comme la braise sous les flammes.

– Une Jocaste, murmurai-je.

– La dernière, déclara John.

À le voir ainsi, penché au-dessus de l'eau, le visage illuminé, on aurait dit qu'il venait de découvrir le plus rare des trésors perdus.

– Elle a été placée là il y a des années sur ordre des Warvold. Autrefois, on entrait dans la caverne de ce côté. Mais l'accès était trop voyant, je l'ai condamné.

John nous désigna un tas de cailloux qui recouvrait l'ancienne ouverture de la grotte.

– Nous sommes bien au-delà de la zone où les forçats creusaient leurs galeries autour de Bridewell, poursuivit-il. Jamais ils ne se sont aventurés aussi loin dans les Monts Obscurs. La plupart d'entre eux, en tout cas.

Il s'interrompit et tendit le bras pour tapoter le crâne de Murphy.

– Warvold m'a confié la tâche de creuser le court tunnel qui conduit à cette caverne, ainsi que celle de bloquer l'ancienne entrée. C'est moi qui ai choisi la pierre tendre qui allait servir d'écrin à la dernière des Jocastes ; j'en ai évidé le centre, et j'ai façonné une dalle pour qu'elle recouvre parfaitement cette petite mare secrète. Comme vous l'imaginez, cela m'a pris des années.

Yipes se pencha au-dessus de l'eau pour regarder la Jocaste, dont les reflets dansaient sur son visage empreint d'une profonde nostalgie. Il donnait l'impression de contempler un trésor qu'il avait pensé à jamais disparu. De sa main minuscule, il aurait pu s'en emparer en un clin d'œil.

– Cette pierre vous est destinée, Alexa, reprit John. C'est ce que Warvold m'a chargé de vous annoncer à tous les deux. Cette Jocaste est différente des autres, elle a quelque chose de plus.

Yipes me sourit et approuva d'un hochement de tête.

Tout cela pour moi ? Tous ces plans soigneusement mis au point, tout ce travail afin de protéger ce seul joyau ? J'avais peine à le croire. Il fallait que Warvold ait eu une grande confiance en John Christopher. Sachant cela, je me sentais capable de me fier à lui, moi aussi.

– Si tu ne te dépêches pas de la prendre, dit Yipes, la tête de Murphy va exploser. Il est trop excité à l'idée de discuter avec toi !

La dernière Jocaste ! Yipes et moi étions retournés souvent à la fontaine lumineuse du mont Norwood dans l'espoir d'en dénicher une, et pendant tout ce temps elle nous attendait là, cachée par Warvold dans cette caverne. Murphy se mit à me gratter le dos avec impatience ; plongeant la main dans l'eau claire et froide, j'en sortis la pierre à l'air libre.

– Le vaillant Murphy, pour te servir ! déclara l'écureuil perché sur mon épaule.

La magie des Jocastes demeurait. Pendant les quelques minutes qui suivirent, nous bavardâmes en vieux amis, nous racontant où nous étions allés et ce que nous avions fait. Murphy me dit qu'il s'apprêtait à dîner d'une noix délicieuse quand John était venu le chercher.

– Il vivait dans la nature avant la construction des murs, m'expliqua l'écureuil. Et il s'est rendu à la fontaine lumineuse bien des années avant toi.

John ouvrit la bourse de cuir qu'il portait au cou pour en extraire une pierre bleue au doux rayonnement.

– Ce n'est pas la dernière, mais elle fera l'affaire, fit-il.

Nous regardions Yipes, regrettant qu'il ne puisse revenir en arrière, avant que sa propre Jocaste ne perde sa magie. Mais il semblait satisfait de son sort, prêt à se contenter de nos traductions.

– Je suis heureux d'être de l'aventure, déclara-t-il.

– Ne perdons pas notre temps à jacasser dans cette caverne, intervint John. Murphy et Alexa pourront discuter dehors autant qu'il leur plaira.

Éclairés par sa Jocaste, nous le suivîmes le long du tunnel.

– Comment saviez-vous que nous arriverions aujourd'hui ? demandai-je à notre guide.

John éclata de rire :

– Vous n'imaginez pas combien de fois j'ai failli supplier Yipes de vous remettre cette lettre ! Mon seul devoir consistait à monter la garde et à patienter jusqu'à ce qu'il vous transmette le message. C'était à mourir d'ennui. Dès qu'il s'est mis en route pour aller vous chercher, j'ai pris contact avec Murphy et un autre ami, selon les consignes de Warvold. Ensuite, nous sommes venus directement ici. Nous vous attendions depuis hier soir.

Nous avions atteint la trappe à présent close. J'avais apporté ma première Jocaste, terne et sans vie, dans la bourse de cuir suspendue à mon cou. John m'ordonna de m'en séparer et de mettre la nouvelle à sa place, ce que je fis. Et, lorsqu'il eut rangé la sienne à l'abri des regards, nous fûmes de nouveau plongés dans les ténèbres.

Soudain, j'entendis cogner au-dessus de ma tête : le choc d'une pierre contre la trappe. Dans la seconde suivante, le battant se souleva d'un coup, et le puits fut inondé d'une lumière aveuglante. Je dus me protéger les yeux pour regarder l'ouverture, dans laquelle s'encadrait une silhouette qui n'avait rien d'humain.

– Elle a bien grandi ! Ce n'est plus la fillette d'autrefois, gronda doucement la voix envoûtante d'un loup.

Penchée sur le trou, son énorme tête en contre-jour, la bête fixait son attention sur moi.

– Pour grandir, ça, elle a grandi, confirma John.

Il tira une échelle d'un coin sombre et la posa contre la paroi du puits.

– C'est vous, Darius ? demandai-je en atteignant la surface.

Murphy en profita pour sauter de mon épaule à terre.

– Je crains que ses années d'aventures aient pris fin. Il faudra vous contenter de moi, répondit la louve.

C'était Odessa, l'épouse de Darius. Aussi impressionnante que lui avec son corps massif, ses yeux bleus perçants, ses crocs blancs redoutables, c'était une créature puissante. Si l'instinct me disait qu'elle était mon alliée, sa présence m'inquiétait, j'avais peur de l'approcher. Ce n'était pas le cas de Murphy, qui bondit sur son dos et se mit à sautiller en poussant de petits cris sans raison apparente. Odessa n'y prêta pas attention.

Yipes gravit l'échelle pour venir me rejoindre, puis John claqua la trappe, condamnant l'accès à la caverne souterraine. Le vent se leva alors dans le ravin où nous nous tenions ; un faucon se laissa porter vers le sol pour se poser sur l'épaule de Yipes.

– Ah, te voilà, filou ! Je me demandais quand tu te déciderais à revenir ! Monsieur était encore à la chasse, hein ? Et cesse de regarder Murphy comme ça ! Ce n'est pas un repas sur pattes, mais un membre de l'équipe.

Murphy s'accrochait à la fourrure d'Odessa, les yeux exorbités, plus noirs que jamais. Notre petit groupe était au complet : Yipes, John Christopher, Murphy, Odessa la louve, le faucon (appelé Squire) et moi. Devant ce curieux assortiment d'hommes et de bêtes, je compris que Warvold voyait au-delà des apparences. Qui, en effet, aurait l'idée de quitter ce monde en confiant une importante mission inachevée à une enfant, un ancien forçat, un adulte pas plus grand qu'un garçon de cinq ans, et un ensemble hétéroclite d'animaux ?

John avait bien préparé l'expédition. Il y avait trois sacs de cuir, un grand et deux petits, ainsi qu'une réserve d'eau, répartie dans quatre outres de bonne taille. Les outres, deux de chaque côté, étaient reliées par une sorte de harnais, qu'on mit sur le dos d'Odessa pour l'attacher sous son ventre et à son cou. Chaque outre contenait environ quatre litres, mais sur les flancs robustes de la louve cette charge paraissait très transportable. Odessa s'acquitterait de son devoir sans difficulté.

La sueur dégoulinait déjà dans mon dos ; le sac me tenait chaud. Je le trouvais bien lourd. Murphy y ajouta une livre ou deux en s'installant dans les plis du cuir rassemblé par un cordonnet derrière ma nuque. Squire avait repris les airs : il volait devant nous parmi les nuages. Mes deux compagnons humains semblaient prêts à partir.

– Une dernière chose, Alexa, dit Yipes en sortant une petite loupe de la poche de son gilet. Tu sais que les Jocastes portent une inscription, un message destiné à la personne qu'elles ont choisie. Tu veux que nous regardions la tienne ?

La pierre, que je serrais à présent dans ma main, m'emplissait d'une étrange incertitude. Sans pouvoir me l'expliquer, je ne voulais pas savoir ce qui était écrit dessus.

– Si cela ne t'ennuie pas, je préfère attendre un peu.

Surpris par ma réponse, Yipes demeura un moment songeur puis, haussant les épaules, il rassembla ses affaires. Lorsqu'il eut terminé, il lissa sa petite moustache du doigt en examinant le groupe et demanda :

– Alors ? Quel est le programme ?

Nous nous tournâmes vers John, espérant qu'il avait une idée de ce que nous étions censés faire.

VI
L'Essaim Noir

Marcher à découvert dans les Monts Obscurs, sous un soleil de plomb, redoutant sans cesse d'être poursuivis, m'était pénible.

– Yipes, tu crois que les gardes viendraient nous chercher ici ?

Il réfléchit quelques instants avant de me répondre :

– J'en doute. D'après moi, ils sont occupés à fouiller les tunnels. Ils ne peuvent pas deviner que nous sommes allés aussi loin.

Nous étions là, à nous interroger sur ce qu'il convenait de faire à présent que j'avais accompli la tâche que le message de Warvold m'avait assignée.

– Je ne comprends pas, déclarai-je. Pourquoi Warvold m'aurait-il envoyée ici prendre la dernière Jocaste sans laisser d'autres instructions ? Vous pensez qu'il voulait seulement me la donner ?

John et Murphy échangèrent un regard, puis John s'agenouilla et examina son sac pour s'assurer qu'il était bien fermé.

– Je sais une chose ou deux, dit-il. Au fil des années, Warvold m'a confié certains détails qui expliquent en partie pourquoi nous sommes là et où nous devons nous rendre.

Il releva la tête, s'essuya le front du dos de la main et reprit :

– Quelque part dans les Monts Obscurs se trouve la vallée des Épines. Au bout de cette vallée, il y a un lac aux eaux très sombres d'une profondeur peu commune, et sur la rive opposée de ce lac se dresse la Tour Ténébreuse.

Cela ressemblait au début des récits terrifiants que racontait Warvold. John inspira profondément avant de poursuivre :

– Aucun habitant de la communauté de Bridewell n'est allé là-bas. Warvold, lui, a fait plusieurs fois le voyage jusqu'à la Tour Ténébreuse et la petite ville qu'elle domine. Il m'a parlé en confidence de ces lieux et de leur histoire. Je vous en dirai davantage en chemin. Mieux vaut ne pas s'attarder ici plus longtemps. Des dangers invisibles nous menacent.

Jetant le sac sur son épaule, il se remit debout, nous indiquant du geste la direction à prendre.

– Tout ce que je peux vous dire pour le moment, c'est que notre voyage nous conduira par-delà la vallée des Épines, dans les lieux où Warvold s'est aventuré. Là, et là seulement, nous trouverons les réponses aux questions que nous nous posons.

Je commençai à me demander dans quel guêpier je m'étais fourrée. Tout cela me paraissait beaucoup trop dangereux pour une fille de treize ans qui n'avait même pas l'autorisation de ses parents...

– Vous êtes sûr ? m'inquiétai-je. Je n'ose pas imaginer la réaction de mon père s'il découvre que je suis partie aussi loin de chez moi ! Il sera furieux.

À peine ces paroles prononcées, je me souvins de la lettre de Warvold : « Tu pars pour un voyage secret auquel il ne peut participer. Il est au courant de certains faits, de certains événements ; je te promets qu'il comprendra les raisons de ton départ pour les Monts Obscurs. »

– La décision t'appartient, Alexa, répondit John. Cependant, quoi que tu décides, il nous faut avancer. Nous ne pouvons pas rester ici.

Ma main se porta machinalement sur la bourse de cuir suspendue à mon cou, et je sentis sous mes doigts la Jocaste cachée à l'intérieur. La dernière Jocaste. Elle était en ma possession, et Warvold tenait à ce que je la transporte ailleurs dans un but précis. Si je rentrais à Bridewell, ma mission resterait inachevée, entraînant des conséquences terribles qui me dépassaient complètement.

– Alors, en route, John ! Je vous suis.

Il ne nous fallut pas longtemps pour comprendre qu'une visite dans les Monts Obscurs ne laissait pas de bons souvenirs et que le voyageur n'y retournait pas de gaieté de cœur. Après une heure de marche, la chaleur accablante du soleil brûlant nous força à nous arrêter. Je souffrais pour Odessa, pour Murphy, qui avait quitté mon sac et regagné la terre ferme ; couverts d'épaisse fourrure, les malheureux devaient être épuisés. Pourtant, ils ne se plaignaient pas, et, si notre conversation manquait d'animation, ils conservaient leur bonne humeur.

Le problème principal dans les Monts Obscurs tenait à l'absence d'abri. Plus nous avancions, plus le paysage devenait désert. En dehors de quelques rares rochers qui donnaient un peu d'ombre, ce n'était qu'une vaste étendue aride au sol parsemé de végétation rase et noueuse qui piquait et agrippait nos jambes comme des griffes acérées. Dans ce lieu désolé, nous trouvâmes un rocher suffisamment gros pour nous protéger du soleil et nous permettre de nous asseoir un moment. Notre petite pause avait quelque chose de désespérant : le sol chauffait depuis le matin, la roche aussi, et elle ne fournissait pas beaucoup d'ombre. Le plaisir de boire un peu d'eau, de manger quelques fruits secs, nous apporta cependant un réconfort bienvenu. Mais nous touchions du doigt la dure réalité : l'aventure serait aussi pénible que dangereuse, et elle nous pousserait à la limite de nos forces.

– Ça va, Alexa ? s'enquit Odessa. Le terrain est déjà malaisé lorsqu'on marche à quatre pattes ; alors, à deux...

Je me souvins alors de ma rencontre avec Yipes et du voyage au mont Norwood, qui s'était terminé à la fontaine lumineuse, de mes pieds douloureux et couverts d'ampoules.

– Je crois que je tiendrai le coup, répondis-je. Si seulement il n'y avait pas cette chaleur infernale !

– Le coucher du soleil approche, remarqua Yipes. L'air va se rafraîchir.

Fatigué lui aussi par la longue marche de la journée, John s'adressa au groupe :

– L'un d'entre vous aurait-il entendu parler de ce qu'on appelle l'Essaim Noir ?

Nous nous regardâmes les uns les autres, nous demandant de quoi il s'agissait. À l'évidence, personne n'en savait rien.

– Nous avons encore un bout de chemin à faire avant d'arriver en lieu sûr. Je suis déjà passé par ici ; il existe un abri que nous devons atteindre.

John s'interrompit pour boire à l'une de nos outres.

– Il y a bien longtemps que n'y suis pas retourné, mais je pense que nous pouvons y arriver à la tombée du jour. Ce serait préférable, car l'Essaim sort de nuit.

– John, commença Yipes d'une voix qui trahissait son inquiétude, qu'est-ce que cet Essaim Noir ?

John but encore quelques gorgées d'eau avant de répondre :

– Des chauves-souris peu ordinaires. Celles-ci ne se nourrissent pas d'insectes, comme les autres. Elles restent groupées en une énorme masse tourbillonnante et cherchent une proie à dévorer. Je ne les ai vues qu'une fois, de loin ; Warvold les connaissait bien. Si elles venaient à nous repérer, c'en serait fini de nous et de notre voyage dans la minute.

Nous n'eûmes pas besoin d'encouragements : nous étions de nouveau debout, prêts à repartir pour atteindre l'abri avant la nuit.

Les deux heures qui suivirent furent une lutte continuelle contre les éléments. Je ruisselais de sueur, j'avais mal au dos ; mais c'étaient mes mollets qui me donnaient le plus de souci. Je m'étais frottée à tant de buissons secs et épineux, à tant de chardons que mes jambes me brûlaient et me démangeaient des genoux jusqu'aux pieds ; la terre et les petits cailloux rentraient dans mes sandales, m'irritant et blessant la peau à mesure que je marchais.

La nuit tombait quand nous arrivâmes devant un grand arbre mort au tronc fendu par le milieu et noirci par quelque incendie ; sa cime était tombée au milieu d'un groupe de roches rouges et plates.

En quelques bonds, Murphy s'était perché en haut de l'arbre mort et scrutait le ciel en quête de Squire, que nous n'avions pas revu depuis plus d'une heure. Il restait à l'écart du groupe, de par sa nature de faucon, bien sûr, mais peut-être aussi parce qu'aucun de nous ne pouvait lui parler. Pour une raison quelconque, la magie des Jocastes n'agissait pas avec les oiseaux.

– Par ici, ordonna John.

Il s'était accroupi de l'autre côté de l'arbre. J'allai le rejoindre et l'imitai. Sur le sol, il y avait une grande dalle, dont John explorait le contour lisse de la main. Dans l'obscurité naissante, je n'y voyais plus très clair.

Au loin, j'entendis Squire lancer un cri aigu dans les airs. Je me retournai pour tenter de l'apercevoir, mais il demeurait invisible dans le ciel qui s'assombrissait.

– Squire arrive ! s'écria Murphy.

Et, tremblant de peur, il sauta de l'arbre sur le dos d'Odessa.

– Ça, ce n'est pas Squire, observa Yipes. C'est autre chose.

John se redressa pour examiner l'horizon, puis prononça deux mots qui me firent froid dans le dos :

– Les chauves-souris.

VII
Des indices dans les ténèbres

— Tout le monde avec moi ! cria John.

Il s'arc-boutait contre la grande dalle, essayant de la faire basculer. Elle se souleva de deux ou trois pouces, et retomba au sol avec un bruit sourd. Yipes se précipita pour l'aider, imité par Odessa, qui posa sa tête contre la pierre en poussant avec ses pattes. À eux trois, ils finirent par la rabattre sur le côté, découvrant une ouverture qui donnait sur un espace souterrain. D'où je me tenais, il paraissait bien petit.

Les chauves-souris lancèrent un nouveau cri. Je me retournai en direction du bruit sans parvenir à distinguer leur forme dans le ciel nocturne. Elles étaient plus proches à présent – assez proches pour nous repérer si nous ne nous cachions pas immédiatement.

– Dans le trou, Alexa ! lança John.

– Quand êtes-vous venu ici pour la dernière fois ? Rien ne prouve qu'une créature n'est pas tapie au fond, prête à dévorer l'imprudent qui s'aventure à l'intérieur.

Cela me rappelait ma première descente dans les tunnels de Bridewell, cette impression que j'avais eue de pénétrer dans la bouche d'un géant.

Murphy sauta dans le trou et couina :

– Pas de problème. C'est tout vide, rien d'extraordinaire.

Les chauves-souris hurlantes n'étaient plus très loin de nous. Prête à affronter n'importe quoi plutôt que d'être mise en pièces par ces monstres, je descendis à mon tour, suivie par les autres.

Incapable de me redresser, je m'accroupis contre la paroi ; Murphy bondit sur mes genoux. Sous l'étroite ouverture, il y avait une autre grosse pierre, plus ronde que la dalle extérieure. John y appuya son épaule et la fit rouler pour bloquer l'accès de notre refuge. L'entrée était à peine obturée que j'entendis le claquement des ailes membraneuses et le tonnerre assourdissant de l'Essaim au-dessus de nos têtes. Les chauves-souris tournoyaient au-dehors, fouettant la roche protectrice ; puis elles s'éloignèrent, et le bruit décrut jusqu'à n'être plus qu'un murmure suraigu. Je pris alors conscience qu'il faisait un noir d'encre dans l'abri.

Personne ne pipait, craignant qu'une chauve-souris solitaire soit restée accrochée à la dalle, prête à donner l'alerte au moindre son et à ramener l'Essaim sur nous. Rien de tel ne se produisit. Le silence n'était troublé que par nos respirations et les petits coups de queue de Murphy qui s'efforçait de rester tranquille. John se mit à remuer : il cherchait quelque chose. Soudain, la douce lumière bleue de sa Jocaste se répandit autour de nous. Il la tenait devant lui, sur sa paume. Enfin, je pus examiner le refuge dans lequel nous avions atterri. C'était une petite pièce basse sans le moindre mobilier. Une curiosité me frappa cependant au premier coup d'œil : un gobelet de bois abîmé et couvert d'éraflures, posé sur une couverture soigneusement pliée au centre de la chambre souterraine.

– Rien ne nous empêche plus de parler. Elles sont reparties, dit John.

Avançant à quatre pattes pour aller m'asseoir près des objets, j'aperçus Yipes. Seuls lui, Murphy et Odessa pouvaient rester debout – tout juste pour cette dernière.

– Voilà le genre d'endroit que j'aime, plaisanta Yipes. C'est intime, et le plafond est à la bonne hauteur.

Il sourit joyeusement en examinant les lieux. Les reflets bleus aquatiques de la pierre dansaient dans ses prunelles.

– Nous allons devoir passer la nuit ici, déclara John. Quand nous aurons rangé la Jocaste, je tirerai la pierre pour que nous ayons un peu d'air frais, mais pas avant.

Yipes débarrassa Odessa de notre réserve d'eau ; John sortit des noisettes, des fruits et de la viande séchée. Je pris le vieux gobelet sur la couverture et le fis tourner dans mes mains en me demandant qui l'avait oublié ici.

– Warvold a sillonné la région, dit John. À plusieurs reprises, je crois. Il m'a parlé de cet abri il y a bien longtemps. Je m'étonne encore de vous y avoir conduits sans plus de difficulté.

Ainsi, dans un passé lointain, Warvold avait bu dans ce gobelet... Comme nous, il s'était réfugié ici, assis à l'endroit où j'étais pour échapper à l'Essaim Noir.

Je soulevai le coin de la couverture pliée pour dépoussiérer le gobelet quand Murphy s'exclama :

– Qu'est-ce que c'est que ça ?

Depuis un moment, il courait en tous sens, grimpait aux murs et redescendait pour recommencer, reniflant tout sur son passage. Il avait fourré le nez sous la couverture. Il en ressortit avec quelques feuilles de papier entre les dents. Je les récupérai aussitôt et posai le gobelet.

Devant cette découverte inattendue, les autres s'assemblèrent autour de nous, curieux de savoir ce que contenaient ces pages. En les examinant, je compris que l'écureuil venait de trouver un trésor.

– C'est l'écriture de Warvold ! m'écriai-je.

Murphy ne tenait pas en place, il gambadait et cabriolait comme un fou. Il y avait là cinq pages, couvertes des deux côtés par les pattes de mouche familières de Warvold.

John éclaira les papiers de sa Jocaste, et tout le monde se serra autour de lui. Couchée près de moi, Odessa rongeait un morceau de viande sèche. Murphy sauta sur son dos.

Je remplis d'eau le gobelet en bois. Après avoir bu à longs traits, je m'éclaircis la voix et lus bien haut pour que mes compagnons entendent.

VIII
Castalia

Une seule personne, morte ou vivante, connaît l'existence de ce lieu, car je n'en ai parlé qu'à elle. J'ai construit cet abri il y a des années et m'y suis réfugié souvent au cours de mes voyages dans les lieux reculés de la Terre d'Elyon. Je vois ces murs pour la dernière fois, je le crains, et je dois coucher certaines choses par écrit au cas où la mort me prendrait par surprise. John Christopher, j'espère que tu as découvert ce message. Plus important encore, j'espère qu'Alexa t'accompagne et qu'elle porte la dernière pierre. Accordez-moi votre patience, le temps que je retrace brièvement l'histoire de régions situées par-delà la vallée des Épines.

Dans la lumière bleutée, je levai les yeux sur mes compagnons. Tous avaient cessé de manger, même Odessa.

– Cela promet d'être intéressant, remarqua Yipes.

Il lança une noisette dans sa bouche, puis se pencha en avant, comme un enfant qui se prépare à entendre un récit merveilleux. Je bus de nouveau dans le gobelet et repris ma lecture :

Il y a quelque trois cents ans, un petit royaume naquit au bord d'un vaste lac. Le lac s'appelait Castalia et, peu après sa création, le royaume prit le même nom. Les Castaliens prospérèrent pendant un siècle. Les eaux du lac irriguaient leurs cultures, et leur nombre s'accrut jusqu'à atteindre plusieurs milliers. C'est alors que le malheur s'abattit sur eux.

Ils reçurent la visite d'un certain Victor Grindall. Si lui-même ne payait pas de mine, il était escorté par un groupe de cent hommes gigantesques – plus de deux fois la taille des habitants du royaume. N'ayant jamais été inquiétés par personne, les Castaliens étaient des gens doux qui ne connaissaient rien de la guerre ni des armes. Grindall leur posa un ultimatum : ou ils faisaient de lui leur roi, ou ses géants envahissaient la ville et s'en emparaient par la force. Les années passèrent, les descendants de Grindall et les géants étaient toujours là. Aujourd'hui encore, Castalia reste entre les mains d'un homme malfaisant et des puissances maléfiques qui le gouvernent.

Perplexe devant cet étrange début de récit, je regardai mes compagnons et dis pour détendre l'atmosphère :

– Warvold était un merveilleux conteur. Ce qu'il écrit là ressemble aux histoires fantastiques qu'il me racontait.

J'avais cependant le sentiment que ce n'était pas une fable de son invention.

– Tu veux que je termine pour toi ? demanda Yipes. Que ce soit vrai ou pas, j'ai hâte de connaître la suite !

Il tendit la main et je lui donnai les pages, puis je pris le gobelet de bois à deux mains, en effleurant du pouce le rebord ébréché dans l'espoir de sentir la présence de Warvold parmi nous.

Yipes poursuivit allégrement la lecture, et les parois de l'abri renvoyaient l'écho de sa voix aiguë :

Il n'y a pas si longtemps, deux sœurs vivaient à Castalia. Catherine était l'aînée ; sa sœur cadette s'appelait Laura. Elles résidaient en secret parmi les pauvres de la cité sous le règne du neuvième Grindall. Peu de gens savent pourquoi elles se cachaient et ce qu'elles découvrirent au cœur de la nuit… Je vais vous parler un peu d'elles.

Catherine avait treize ans, et Laura, onze. C'étaient deux orphelines, contraintes par les circonstances à veiller l'une sur l'autre, à trouver de quoi se nourrir et à chercher refuge auprès des miséreux de la grand'place. Castalia était devenue depuis longtemps une bourgade paysanne très étendue, dominée par la Tour Ténébreuse, un sinistre bâtiment de pierre sombre dans lequel, de génération en génération, les Grindall tissaient leurs cruels desseins.

Malgré les géants qui en gardaient les portes, les fillettes avaient décidé de quitter Castalia pour s'installer ailleurs. Rusée et très observatrice, Catherine avait imaginé le moyen de s'échapper sans être vues : dissimulées au fond du chariot des ordures, les deux sœurs franchirent les grilles et furent emportées à la décharge.

Elles émergèrent alors dans un espace encombré d'arbres et de taillis ; autour d'elles, ce n'étaient que murs effondrés et bâtiments en ruine, remplis de détritus. L'air empestait, imprégné d'une odeur nauséabonde. Elles avaient échoué avec les rebuts de la ville dans une zone désertée par les Castaliens. Depuis longtemps, le lieu était connu sous le nom de Cité des Chiens, en raison des grandes meutes de chiens errants qui vivaient dans ce cloaque, se nourrissant de déchets.

En bordure de la décharge, elles tombèrent sur un ancien beffroi couvert de plantes grimpantes, vestige de pierre au coin d'une rue oubliée, qui allait devenir leur maison.

Pendant cette première nuit, elles restèrent au rez-de-chaussée, trop apeurées pour grimper à l'échelle fixée le long du mur et ouvrir la trappe dans le plafond. Le lendemain matin, affamées et désœuvrées, les deux sœurs gravirent les sept échelons et poussèrent le panneau de *bois qui donnait accès au beffroi. Bloqué, il refusait de bouger. Bien sûr, je n'étais pas là pour le voir ; je tiens ce récit d'une personne qui m'a dit qu'à ce moment précis des chiens sauvages s'étaient mis à renifler autour de la ruine et à gronder avec férocité en sentant les nouvelles venues.*

– Ralentis un peu, Yipes ! protesta John. Je n'arrive pas à suivre.

Le souffle court, emporté par la curiosité, Yipes lisait de plus en plus vite à mesure que le danger se faisait plus pressant. Il s'interrompit et me tendit les papiers :

– Mieux vaut que tu termines, Alexa. Je ne pourrai pas m'empêcher d'accélérer pour savoir la fin. Ne va pas trop doucement quand même, hein ?

Je fis oui de la tête, lui repris les pages et parcourus celle du dessus pour retrouver l'endroit où il s'était arrêté. J'avais très peur de ce qui viendrait ensuite, mais la curiosité me dévorait moi aussi. Qu'arriverait-il à Catherine et Laura ? Pourquoi Warvold nous avait-il laissé ce récit ? Qui étaient les deux sœurs ? Qui étaient ce Victor Grindall et ces géants ? Existaient-ils vraiment, ou les avait-il inventés ?

Après avoir maîtrisé les tremblements de mes mains, j'inspirai profondément et poursuivis la lecture :

Depuis leur perchoir, les fillettes s'aperçurent qu'elles n'avaient pas remis en place la pierre qu'elles avaient délogée pour pénétrer dans le beffroi. Les chiens entraient, toute une meute de chiens errants qui grognaient et bavaient au pied de l'échelle.

La trappe dans le plafond se souleva soudain.

Ne voyant pas d'alternative, Catherine et Laura s'engouffrèrent par l'ouverture et s'adossèrent au mur. Il faisait sombre dans la pièce, mais à l'évidence elles n'y étaient pas seules. On craqua une allumette. On alluma une grosse chandelle dégoulinante. Elles virent alors une créature recroquevillée dans un coin, un bras autour de ses genoux repliés.

C'était un géant.

IX
Le récit du géant

Nous étions arrivés à la moitié du message de Warvold. L'air de la pièce devenait irrespirable, mais nous étions trop pris par l'histoire pour nous en soucier.

– Attendez un instant que j'aère un peu, dit John.

Dans l'impossibilité de se redresser, il rampa jusqu'à la pierre, puis rangea la Jocaste dans sa bourse de cuir.

De nouveau, nous étions plongés dans l'obscurité. Je ne voyais plus les pages dans ma main tandis qu'il déplaçait le rocher. Un souffle d'air tiède nocturne s'infiltra lentement à l'intérieur, apportant avec lui une pluie de minuscules grains de poussière. En silence, nous attendions dans le noir que la lumière revienne.

John Christopher était aussi impatient que nous de connaître la fin du récit de Warvold. Dès qu'il eut remis la pierre en place et que l'éclat bleu de la Jocaste eut illuminé le refuge, je lançai :

– Plus que quelques pages. Je continue ?

Tous hochèrent la tête avec enthousiasme, et les mots de Warvold prirent vie par ma voix dans l'étroit abri :

Nous nous trouvons ici en présence d'un être ayant connaissance de choses que ni les paysans de Castalia, ni les dirigeants de Bridewell ne pouvaient savoir. Ce soir-là, Catherine, Laura et le géant se lièrent d'amitié. Dans les jours qui suivirent, il leur révéla de nombreux secrets sur lui-même, sur sa race et l'histoire des Grindall. Ce que je vais vous raconter maintenant vous entraînera dans un conflit que vous ne pourrez pas fuir. L'ennemi rôde près de vous, pas plus loin que la vallée des Épines. Cette nuit même, tout vous apparaîtra clair comme de l'eau de roche.

Quand Elyon a créé le monde et les hommes, il a également créé cent êtres très puissants appelés Séraphins pour qu'ils protègent la Terre d'Elyon depuis la Dixième Cité, un endroit entouré de mystère où Elyon s'était installé et d'où l'on voyait tout. Ils avaient pour devoir de veiller sur les hommes, et il leur était interdit de quitter la Cité.

Parmi ces Séraphins, il y en avait un du nom d'Abaddon. Plus puissant que les autres, cet Abaddon devint la proie de la jalousie et voulut gouverner la Terre d'Elyon. En secret, il parvint à convaincre les autres Séraphins de se rendre au royaume des hommes et des femmes pour mieux veiller sur eux. En arrivant sur la Terre d'Elyon, les Séraphins prirent la forme de géants ; plus grands et plus forts que les humains, ils conservaient un peu de leurs anciens pouvoirs.

Lorsque Elyon s'aperçut qu'ils avaient désobéi, il entra dans une grande colère et les chassa à tout jamais de la Dixième Cité. Abaddon, dont le pouvoir devenait incontrôlable, ne se laissa pas soumettre comme ses quatre-vingt-dix-neuf compagnons. Au terme d'un combat épique contre Elyon, il fut enchaîné au fond d'une immense fosse aux confins de la Dixième Cité.

Elyon emploie beaucoup de son énergie pour maintenir Abaddon dans la fosse. Pourtant, même s'il ne peut pas en sortir, Abaddon peut encore exercer son pouvoir par divers moyens. Capable de corrompre les hommes à distance, il les pousse au mal pour servir ses noirs desseins. Et puis, il y a les chauves-souris. Présentes dans la fosse à l'arrivée d'Abaddon, les innocentes bêtes qu'il a contaminées parcourent aujourd'hui la Terre d'Elyon en causant des ravages.

Abaddon veut détruire cette Terre d'Elyon et la Dixième Cité pour en devenir le maître et chasser Elyon.

Afin d'atteindre son but, il s'attaque aux faibles et aux méchants, les soumet à sa volonté. Victor Grindall *est le plus puissant de ceux qui sont tombés sous son emprise. Abaddon l'influence et se sert de lui.*

Dans le cas présent, il utilise Grindall pour retrouver les pierres.

Vous vous demandez d'où viennent ces pierres, n'est-ce pas ? Il y avait jadis sur la Terre d'Elyon un endroit qui n'existe plus, que seuls Elyon et les Séraphins connaissaient. C'était un lieu magique, le lieu de la création où résonnèrent les premières paroles. En ce temps-là, humains et animaux parlaient la même langue ; certains entendaient même la voix d'Elyon et le comprenaient. Les Séraphins bannis de la Dixième Cité y établirent leur retraite cachée, à l'écart des hommes.

L'endroit était censé rester secret ; mais, usant de son influence, Abaddon y attira Grindall. Les Séraphins semblaient saisir le sens de ses paroles, et quelque chose chez ce personnage les incitait à le suivre. Ils ne se doutaient pas que c'était la voix d'Abaddon qui les appelait depuis la fosse pour qu'ils exécutent ses ordres.

Par l'intermédiaire de Grindall, Abaddon demanda aux géants de rassembler les pierres qui se trouvaient dans un lac du lieu secret – des pierres qui permettraient d'entendre la langue unique des origines. Cette tâche accomplie, les Séraphins s'en furent, suivant la seule voix qui leur soit familière. Et Victor Grindall les mena à Castalia.

Pourtant, sans le savoir, Abaddon s'était laissé duper, car Elyon avait enchanté certaines de ces pierres pour qu'elles ne puissent tomber qu'entre les mains de ceux qu'il avait choisis.

– Il ne reste plus qu'une page, remarquai-je.

Mes compagnons, éberlués, semblaient aussi perplexes que moi.

– Finissez, Alexa, dit John. J'ai l'impression que le plus important est à venir.

Je partageais ce sentiment et, vaguement inquiète, je m'attendais au pire. Approchant la page de la Jocaste qui nous éclairait, je repris ma lecture :

Deux siècles après la mort du premier Grindall, Armon le géant fut nommé gardien des pierres. C'était sous le règne de Grindall, neuvième de la lignée. Les pierres restantes étaient conservées dans une mare au plus profond de la Tour Ténébreuse, dans le coin le plus sombre du donjon, où Armon veillait sur elles.

Jour après jour, Armon observait les pierres qui reposaient sagement dans l'eau, jusqu'à ce que l'une d'elles se mette à briller. Intrigué, Armon la prit et, pendant quelques brefs instants, il entendit la voix oubliée d'Elyon, lointaine mais claire, qui lui parlait depuis la Dixième Cité. À partir de ce moment, Armon eut pour mission de protéger les dernières pierres, de les enlever de la tour et de quitter Castalia. Il trouva refuge dans la Cité des Chiens, où il se cacha dans le beffroi, et c'est là que Catherine et Laura le découvrirent.

Lorsque Armon toucha la pierre, Abaddon comprit enfin ce qu'avait fait Elyon. Il comprit que les pierres restantes avaient le pouvoir de le détruire si elles parvenaient à ceux qu'Elyon avait choisis. Il pesa donc de toute sa volonté sur le Grindall régnant, lui insufflant le désir de s'approprier les pierres.

Nous voici maintenant au cœur du règne du dixième des Grindall et, si tout s'est passé comme je l'espère, Alexa détient la dernière de ces pierres.

Depuis les origines, elle est l'élue d'Elyon, qui a remis le sort du monde entre ses mains.

C'est à Alexa qu'il incombe de remporter la victoire sur Abaddon.

X
La traversée des Monts Obscurs

Comme vous vous en doutez, j'en restai sans voix. Abasourdie, je réfléchis aux conséquences de tout cela. Si l'histoire de Warvold était vraie, je détenais effectivement la dernière des Jocastes, et je n'avais pour m'aider que les improbables compagnons rassemblés autour de moi. Je me souvins alors qu'un groupe tout aussi improbable avait réussi à faire abattre les murs d'enceinte de mon royaume, et à déjouer le sinistre complot qui menaçait Bridewell. John Christopher, Yipes, Murphy, Odessa et Squire... Quels que soient les dangers auxquels je m'exposais, il me fallait croire que ces amis me protégeraient et me soutiendraient jusqu'au bout. En les regardant l'un après l'autre, je me sentis réconfortée ; mieux encore, je me réjouissais de partir sur les traces du vieux Warvold à la découverte de lieux qui défiaient l'imagination. Je retrouvai le sourire et m'écriai :

– BOUH !

Yipes sursauta si violemment qu'il se cogna la tête au plafond tandis que, dans une pirouette, Murphy dégringolait du dos d'Odessa, retombait sur ses pattes et filait se terrer dans un coin de l'abri. John et Odessa tressaillirent un peu, mais ils restèrent où ils étaient.

– Qu'est-ce qui te prend, Alexa ? Ce n'est pas chic de ta part, protesta Yipes. Le pauvre Murphy est terrorisé.

Je gloussai ; John en fit autant, et bientôt nous riions tous aux éclats, libérant notre tension nerveuse. Lorsque le calme et le silence revinrent, je leur montrai le verso de la dernière page laissée par Warvold.

– Regardez, il y a aussi une carte. Elle nous guidera au cours des prochains jours.

Le plan rudimentaire donnait quelques points de repère, reliés ou non par des lignes. En haut, on avait griffonné l'inscription suivante : *À travers les Monts Obscurs et la vallée des Épines – route sans CHAUVES-SOURIS.*

– Ça, c'est encourageant, déclara Murphy, perché à présent sur mon épaule.

Malgré leur petite taille, les écureuils ont des griffes très acérées, et il se cramponnait à moi comme jamais.

– Tu me serres trop fort, Murphy. Tu n'as pas peur, au moins ?

Il desserra sa prise et me mit son nez humide dans l'oreille, ce qu'il faisait toujours quand mes remarques l'agaçaient.

– Il faudrait penser à se reposer, intervint alors John. D'après la carte, nous avons devant nous au moins trois jours de marche en terrain difficile. Puisque nous sommes ici en sécurité, profitons-en pour passer une bonne nuit.

Les autres semblaient être du même avis. La Jocaste fut rangée, le rocher, déplacé pour nous donner un peu d'air frais. Bientôt, j'étais la seule à rester éveillée. L'obscurité totale de la pièce m'effrayait. Pour me rassurer, je pensais à mon bureau, chez moi, à Lathbury, à son plateau couleur de coque de noix, dont le bois patiné était à la fois dur et doux au toucher, à l'odeur des livres anciens qui m'entouraient. Roulant sur le côté, je pris Murphy contre moi. Réconfortée par sa respiration légère et sa fourrure tiède, je ne tardai pas à sombrer à mon tour dans le sommeil.

Avant l'aube, la température avait chuté de manière inattendue. Avec le froid, tout le monde s'éveilla de bonne heure. Ayant rassemblé nos affaires en hâte, nous partîmes vers le nord alors que le soleil naissant n'était encore qu'une délicate lueur orange sur l'horizon. De nouveau, les jambes me brûlaient, griffées par les broussailles épineuses ;

la terre et les cailloux irritaient mes pieds nus dans mes sandales. Assis sur mon sac à dos, Murphy grignotait des noisettes tandis que je déjeunais d'une pomme et d'une poignée de figues sèches.

Pendant trois jours, nous suivîmes la carte en guettant d'éventuelles présences importunes. Ce fut un long périple à travers des paysages arides. J'ignore quelle distance nous avions parcourue, mais au soir du quatrième jour j'avais l'impression d'être à cent lieues de Bridewell. Jamais nous n'aurions pu faire ce chemin à cheval en raison des crevasses et des escarpements. Au coucher du soleil, je regardai dans la direction d'où nous venions et m'étonnai de voir à quel point j'étais loin de chez moi.

– Nous devrions continuer à avancer jusqu'à la nuit, dit Yipes. Nous avons presque atteint le bout de la carte, mais nos réserves d'eau et de nourriture s'épuisent.

J'avais oublié qu'il pouvait faire preuve d'une volonté de fer quand il avait décidé quelque chose. À en juger par notre plan, nous arriverions en bordure de la vallée des Épines dans la journée du lendemain. Nous étions tous très curieux de savoir à quoi elle ressemblait, même si, pour moi, ce nom n'augurait rien de bon.

– À mesure que nous progressons, le voyage n'est plus facile, remarqua Odessa. J'ai moins d'eau à porter. Quant à Murphy, il ne me gêne pas, il est aussi léger qu'une plume.

Le crépuscule s'installa, silencieux, tandis que la chaleur relâchait un peu son emprise. Squire nous rejoignit et se posa sur le sac de John, d'où il scrutait nerveusement les environs, guettant l'aubaine d'un mulot. John tira un morceau de viande séchée d'une petite poche sur le côté de sa tunique et le lui tendit. Squire s'en saisit aussitôt, puis le déchiqueta de son bec et de ses serres. Peu de temps après, il reprit les airs.

Je jouai avec Murphy à suivre les mouvements du faucon, jusqu'à ce qu'il file vers l'horizon et disparaisse.

La conversation s'engagea ensuite sur les avantages d'avoir le corps couvert de poils, discussion qui devint bientôt très animée. Les deux animaux n'en finissaient plus de vanter les nombreux mérites de la fourrure que nous autres, pauvres humains, devrions leur envier tant la vue de créatures nues marchant sur deux pattes était répugnante ; ils se félicitaient d'ailleurs que nous leur épargnions ce spectacle affligeant en portant des vêtements. Yipes, John et moi sortîmes finalement victorieux de ce débat, car la chaleur écrasante soulignait l'inconvénient majeur qu'il y a à vivre sous un manteau dont on ne peut se défaire...

Lorsque je relevai les yeux, il ne restait du soleil qu'un pâle filet de lumière. Une petite clairière entourée de buissons nous servit d'abri pour la nuit.

À quelques heures de marche de la vallée des Épines, nous nous inquiétions tous de ce qui nous y attendait.

– Plus vite nous y arriverons, plus vite nous aurons des éclaircissements, dit John. Le mieux serait de nous reposer pour pouvoir partir de bonne heure. Ainsi, nous serons sur place demain, dans l'après-midi.

Épuisée par notre longue journée, je m'étais étendue sur le sol, la tête sur mon sac.

– Je me demande ce qui est arrivé aux deux sœurs, murmurai-je d'une voix ensommeillée. Catherine et Laura... Où sont-elles à présent ? Le saurons-nous un jour ?

Pour réfléchir à ce mystère, je m'efforçai de garder les yeux ouverts... En vain : je m'endormis bientôt comme une masse.

Au milieu de la nuit, Odessa me tira du sommeil. Elle faisait le guet depuis plusieurs heures, et c'était à mon tour de monter la garde. Dans l'air nocturne glacial, je frissonnai en m'asseyant, bras croisés autour des genoux.

– Tout est calme ? m'enquis-je dans un souffle.

– Squire est rentré il y a une heure, il se repose près de Yipes à présent, répondit la louve. En dehors de son arrivée, qui m'a surprise, c'est le grand silence. Mais John est plus agité qu'à l'ordinaire, il s'est réveillé souvent pour s'assurer que j'étais à mon poste.

Je me levai pour me rendre en bordure du campement et balayai du regard ce qu'on pouvait apercevoir des Monts Obscurs. Quelle tristesse désespérante ! Même de nuit, l'affreuse désolation de ce lieu sautait aux yeux.

Par-dessus mon épaule, je vis qu'Odessa s'était couchée près de John et qu'ils discutaient tout bas. Puis Murphy traversa le campement sans bruit pour se rouler en une petite boule de fourrure aux pieds de John. Mes heures de garde passèrent, peuplées d'étranges rêveries sur Castalia et ses prodiges, jusqu'à ce que les premiers rayons de l'aube baignent le paysage d'une pâle lumière orange. Alors, tous mes compagnons s'étirèrent, se levèrent, et se mirent en devoir de rassembler les affaires pour notre dernière journée de marche sur les terres arides des Monts Obscurs.

XI
Ma lunette nous est utile

– Nous ne sommes pas seuls, remarqua John.

– Comment cela ? s'étonna Odessa.

Le nez en l'air, elle reniflait, cherchant à détecter une odeur étrangère tandis que John continuait de marcher sans prendre la peine de répondre. Comme je l'interrogeais pour en savoir davantage, il se retourna et s'adressa au groupe :

– Il y a quelque chose de bizarre, ici. Quand il fait noir dehors, il m'arrive d'avoir le sentiment qu'on m'observe. Et puis une brindille craque, et je sursaute, le cœur battant. Or j'ai la même impression depuis ce matin.

– Qu'est-ce que ça pourrait être, John ?

La voix de Yipes exprimait l'inquiétude que nous ressentions tous. John haussa les épaules et se remit en route :

– Je n'en ai pas la moindre idée.

Nous avions marché toute la matinée, la plupart du temps en silence ; les paroles de John ne firent qu'accroître l'angoisse qui nous étreignait. J'aurais préféré qu'il garde ses réflexions pour lui. À présent, j'imaginais des monstres terribles lancés à notre poursuite dans le paysage lugubre des Monts Obscurs.

Depuis quelque temps, nous nous dirigions vers une immense colline ; parvenus à son pied, nous nous trouvâmes dans un ravin aride. Sans être une montagne, la colline en question était très escarpée et très large à la base, de sorte qu'elle nous bouchait la vue. Comme nous ne pouvions la contourner, il nous fallait l'escalader pour atteindre l'autre côté. Ce fut l'occasion de s'arrêter et de revoir la carte, tout en prenant un peu de repos avant d'entamer l'ascension.

Sur la terre sèche et craquelée, je regardai Murphy faire sa toilette ; il se léchait les pattes de devant, les passait par-dessus ses oreilles, et recommençait. Debout entre John et Yipes, je pris alors conscience que nous étions affreusement sales. Mes compagnons avaient de la barbe, les cheveux gras et poisseux. Et ils dégageaient une odeur infecte. À l'idée que j'étais dans le même état, j'eus un moment de déprime.

– Nous sentons mauvais, constatai-je.

Yipes et John se consultèrent du regard, et chacun leva le bras pour renifler dessous. Puis, non contents de cela, ils s'approchèrent de moi, reniflèrent une fois de plus et se détournèrent.

– J'ai bien peur que ce soit toi, petite, déclara Yipes. Tu empestes comme un vieux légume pourri.

John approuva d'un hochement de tête.

– Vous êtes sûrs ? murmurai-je en me reniflant à mon tour.

Toujours prompt à prendre ma défense, Murphy s'élança, grimpa à la jambe de Yipes, agrippa son maillot des quatre pattes et enfouit le museau sous son aisselle. Yipes se tortilla et se démena, jusqu'à ce que Murphy émerge, sa petite frimousse froncée en une expression de dégoût.

– Il pue ! s'exclama-t-il. Une véritable infection. Quant à l'autre...

Il se tourna vers John, qui avait croisé les bras sur sa poitrine :

– ... il est trois fois plus grand que Yipes, et il transpire par bassines entières.

Au moins, je n'étais pas seule à avoir besoin d'un bain. J'en fus réconfortée, même si c'était là un détail sans grande importance.

Nous examinions la carte quand John se redressa soudain et pivota pour regarder sur la droite de la colline dépouillée.

– Ça recommence. Je sens quelqu'un ou quelque chose à proximité.

Du doigt, il nous indiqua un groupe de buissons à demi morts près d'un petit monticule, au fond du ravin.

– Allons nous réfugier là-dessous et restons à couvert jusqu'à ce que nous ayons pris une décision. J'ai bien peur que la vallée des Épines soit juste derrière l'obstacle.

Nous nous hâtâmes de gagner les buissons pour nous tapir côte à côte dans la poussière. S'ils ne suffisaient pas à nous cacher complètement, nous n'étions plus aussi exposés qu'au pied de la colline. La journée s'acheminait vers l'après-midi et, sous le soleil toujours ardent, il faisait un peu moins chaud. Sans être fraîche, la petite brise qui soufflait rendait la chaleur moins écrasante, comme si ce léger vent venait d'un endroit plus froid.

– Si nous nous trouvons à la lisière de la vallée des Épines, avons-nous une idée de ce que nous allons faire ? demanda Odessa.

Les oreilles dressées sur sa grosse tête grise, attentive, elle observait les alentours.

– Où est Murphy ? m'inquiétai-je soudain en voyant que l'écureuil n'était plus parmi nous.

Nous le cherchions du regard quand des cailloux dégringolèrent de la colline. Je levai les yeux, redoutant le pire : j'aperçus alors Murphy qui grimpait la pente, zigzaguant comme un fou d'une maigre touffe d'herbe à l'autre pour se cacher. Une fois à mi-hauteur, il se retourna d'un bond en agitant les pattes ; puis il repartit vers le sommet à toute allure.

– Quel phénomène, celui-là ! s'exclama Yipes en secouant la tête. Il n'a pas une once de bon sens !

– L'odeur de ton aisselle lui a peut-être brouillé l'esprit, observai-je.

– Silence, vous deux ! ordonna John. Je l'ai perdu de vue dans les broussailles, là-haut.

Je sortis ma lunette, celle que j'avais empruntée à ma mère et utilisée à Bridewell l'été précédent. Le verre cassé par Pervis avait été changé, et elle était comme neuve quand maman me l'avait offerte en cadeau pour mon treizième anniversaire. Ayant fait coulisser les cylindres pour l'ouvrir, je la tendis à John. Elle nous avait déjà un peu servi en chemin ; je me félicitais de l'avoir emportée dans mes bagages.

Nous nous taisions tandis que John s'efforçait de repérer Murphy sur la colline :

– Ça y est, je le vois. Il est presque au sommet.

Sans un mot, j'attendis. Au bout d'un moment, la crainte l'emporta et je ne pus retenir ma langue :

– Alors ? Qu'est-ce qui se passe ? Vous le voyez toujours, John ?

Au même instant, un cri perçant retentit au-dessus de nos têtes. Dans le ciel, Squire tournoyait en observant la scène. J'aurais aimé pouvoir voler, ne serait-ce que quelques minutes, pour voir moi aussi ce que nous affronterions de l'autre côté de la colline.

– Quand j'y repense, je me dis que, finalement, c'était une excellente initiative, remarqua Yipes.

– Alors, John ? Qu'est-ce qui se passe ? répétai-je sans me soucier de lui, tant j'avais peur pour mon ami.

M'ignorant à son tour, Yipes poursuivit :

– Je ne plaisante pas. Murphy n'a pas perdu la tête, du moins, pas complètement. Réfléchissez. Ce qui se trouve derrière cette colline pourrait bien guetter les intrus. Un écureuil ne constitue pas une menace. Il y a même de grandes chances qu'il passe inaperçu. Je regrette juste que l'animal ait filé sans prévenir ; sans nous laisser le temps d'en décider ensemble.

John referma la lunette et me la tendit :

– Il revient. Il est presque à mi-pente.

Du doigt, il désignait une petite boule de fourrure brune qui redescendait en slalomant entre les touffes rabougries.

Murphy nous rejoignit bientôt, hors d'haleine, incapable d'articuler une parole. En cercle autour de lui, nous attendions qu'il s'explique. Enfin, il parvint à prononcer deux mots soigneusement choisis :

– Des géants.

Il haleta pendant quelques secondes encore, nous regarda l'un après l'autre, puis ajouta :

– Beaucoup de géants.

XII
La vallée des Épines

Nous nous taisions tandis que Murphy nous racontait ce qu'il avait vu de là-haut, s'interrompant parfois, le temps que je transmette son récit à Yipes. Le pauvre, il n'entendait que de longues séries de couinements quand l'écureuil parlait ; j'en étais désolée pour lui. Pourtant, il ne semblait pas en souffrir et se contentait de mes traductions.

Nous apprîmes que l'autre versant de la colline descendait, d'abord en pente raide, puis plus douce, jusqu'à une vallée aussi aride que les Monts Obscurs et large d'une centaine de mètres. Au fond, une vaste zone était hérissée de maigres troncs d'arbres aussi loin que portait la vue ; le sol en était couvert de chaumes brunâtres, parmi lesquels se déplaçaient une dizaine d'hommes de grande taille que Murphy pensait être des géants. Au fil de sa description, il apparut que les troncs n'étaient pas des souches d'arbres coupés sur pied, car ils étaient proches les uns des autres et disposés de manière trop régulière. Troncs ou poteaux – Murphy ne paraissait pas très sûr de leur nature exacte –, ils étaient de hauteurs différentes ; certains ne dépassaient que de quelques pouces, d'autres s'élevaient à quelques pieds, d'autres encore à cinq coudées et plus. Noirs à la base, tous s'effilaient vers le haut en une pointe acérée d'un rouge sang.

Au-delà des poteaux qui tapissaient le fond stérile de la vallée s'étendait un paysage verdoyant avec, un peu plus loin, une trouée d'un bleu vif qui signalait la présence d'un lac. Lac que Murphy qualifia d'impressionnant, « tant par ses proportions que par sa couleur ».

– Castalia, dit Odessa.

Le mot resta suspendu dans l'air, jusqu'à ce que John l'écarte d'une question :

– Les géants sont-ils trop éloignés pour qu'on puisse les atteindre d'une flèche bien ajustée depuis le sommet ?

Pensif, Murphy leva les yeux vers la colline et réfléchit, évaluant la distance à laquelle ils se trouvaient.

– On devrait pouvoir atteindre le bord de la vallée, mais les géants circulent derrière les poteaux. Et puis, je crois avoir aperçu des têtes qui sortaient de terre. Ils ont peut-être aussi creusé des tranchées. Ou alors il y a là-bas de très petits géants parmi les grands. À mon avis, même une pluie de flèches tirées depuis là-haut ne servirait à rien.

Seuls John et Yipes disposaient d'arcs et d'une modeste réserve de flèches. Nous avions donc peu de chances de réussir à neutraliser ne serait-ce qu'un géant.

– En tout cas, il nous faut une meilleure cachette, déclara Odessa. Ils envoient sûrement des éclaireurs en reconnaissance par ici.

Après avoir scruté les environs, nous découvrîmes, hélas, qu'il n'y avait pas d'abri possible à proximité. Le premier à faire sa ronde nous verrait à coup sûr du haut de la colline.

– Il y a au moins trois beaux ensembles de gros rochers à un demi-mille en arrière, dit Yipes. Ou bien nous attendons la nuit pour revenir sur nos pas et gagner l'un d'entre eux, ou bien nous prenons le risque d'y aller de jour.

Aucune de ces deux possibilités ne m'enthousiasmait vraiment. À l'endroit où nous nous trouvions, les misérables buissons nous dissimulaient à peine, mais l'idée de s'aventurer à découvert et en pleine lumière dans les Monts Obscurs me semblait téméraire, avec ces géants qui patrouillaient dans les parages.

– Vous pouvez appeler Squire ? demanda John.

– Je pense, oui, répondit Yipes. Dans quel but ?

– Il nous sera peut-être utile.

Yipes se leva et sortit de sa poche un mouchoir de coton rouge. Il l'agita au-dessus de sa tête en veillant à rester derrière le buisson de manière à n'être visible que du ciel. Squire continuait de tournoyer dans les airs sans lui prêter la moindre attention.

– Voilà un faucon bien dressé, ironisa Odessa. Il sait aussi se coucher pour faire le mort ?

Yipes secoua son mouchoir rouge avec une vigueur renouvelée, jusqu'à ce qu'il comprenne que Squire se souciait de lui comme d'une guigne. Jetant un regard anxieux alentour, il remarqua Murphy qui grignotait distraitement la noix que je lui avais donnée à son retour.

– Je connais un truc presque infaillible, lâcha-t-il.

Avec l'expression sournoise de qui prépare un mauvais coup, il s'agenouilla près de l'écureuil et demanda :

– Alors, elle est bonne, cette noix ?

– Excellente, merci, couina Murphy.

Sans me laisser le temps de traduire, Yipes enchaîna :

– Je suis ravi qu'elle te plaise.

Puis il lui tapota le crâne, lui effleura le dos et le saisit par la queue – chose que tout écureuil déteste.

Un écureuil pris par la queue comme l'était notre petit ami se met d'instinct à mordre, à griffer et à pousser de grands cris. Yipes en était conscient, car il s'écarta des buissons pour faire tourner Murphy en cercles au-dessus de sa tête, ce qui mettait son avant-bras à l'abri des crocs et des griffes. Pendant ce temps, Murphy s'égosillait. Le bruit n'était pas grand, mais le faucon a l'ouïe très fine, sans parler de sa vue perçante. Squire plongea donc aussitôt vers le ravin en quête d'un écureuil pris au piège.

Dès que Squire eut piqué sur nous, Yipes cessa de faire tourner Murphy et s'accroupit pour relâcher sa victime. Après quelques pirouettes en l'air, Murphy atterrit sur ses pattes en terrain découvert. Sonné, il tituba dans un sens puis dans l'autre avant de s'effondrer sur le flanc.

– Attrapez-le ! s'écria Yipes.

Squire n'était plus qu'à cent pieds de nous, et il fondait droit sur Murphy. Comme j'étais la plus proche de lui, je m'élançai. En deux enjambées, je l'avais rejoint ; je m'agenouillai et me penchai sur lui pour le protéger. Squire évita mon dos de justesse, décrivit une courbe en rase-mottes et alla se poser sur le poing que Yipes lui tendait.

– Ça a plutôt bien marché, vous ne trouvez pas ? commenta ce dernier.

Une fois Murphy remis de ses frayeurs, je le pris sur un bras et lui rendis la noix, qui eut bientôt toute son attention.

John s'approcha du faucon et avança une main vers sa tête. Très lentement, il posa deux doigts sur la nuque de Squire, qui ne donnait pas signe d'inquiétude. John ne savait pas plus que nous ce que pensait le très digne oiseau de proie, ni s'il comprenait nos paroles. Pourtant, il s'adressa à lui d'une voix douce :

– Peux-tu nous dire s'ils arrivent ?

Ses doigts effleurèrent la nuque du faucon jusqu'à la naissance de l'aile ; puis il releva la main, répéta la caresse en partant de la nuque, et lui parla de nouveau :

– Tu nous préviendras s'ils se dirigent vers la colline ?

Il fouilla dans sa poche, en tira un morceau de viande séchée, qu'il offrit à Squire.

– Il peut repartir maintenant, dit-il à Yipes.

Celui-ci leva le bras et, battant de ses ailes puissantes, Squire s'éleva vers les hauteurs du ciel. Nous le suivîmes des yeux jusqu'à ce qu'il reprenne ses rondes autour de la colline, flottant paisiblement au-dessus de la terre pour observer ce qui se passait sur le sol.

– Nous pourrions aussi laisser Murphy monter la garde, proposa Odessa. Moi, je suis un trophée, qu'ils tenteraient d'abattre à coups de flèches, mais ils ne se méfieront pas d'un écureuil.

– Il ne survivrait pas jusqu'à la nuit, objecta Yipes. Je m'étonne même qu'il soit encore en vie.

La remarque me surprit, puis j'en compris le sens.

– Squire, murmurai-je.

– Exactement, confirma Yipes. C'est un oiseau très agréable, mais un rongeur est un rongeur, et la nature, c'est la nature.

Levant les yeux, il scruta le ciel :

– Il dévorerait Murphy sans hésiter si nous le laissions seul en haut de la colline. Vous le connaissez, il remue sans arrêt. Pourtant, il faudrait qu'il se tienne tranquille, sa vie en dépendrait. Nous ne pouvons pas prendre ce risque.

Dans mes bras, Murphy s'agitait pour s'échapper et s'élancer vers le sommet. Comme Yipes l'avait constaté, il n'avait peur de rien. Je le serrai donc contre moi et tentai de le calmer, jusqu'à ce qu'il entende raison et accepte de rester avec nous. John reprit alors la parole :

– Nous devons courir aussi vite que possible pour regagner les rochers, le plus gros des trois groupes, sur la droite ; nous devons aussi faire confiance à Squire, espérer qu'il nous avertira si les géants viennent par ici.

L'accord de tous fut bientôt acquis et, après un dernier coup d'œil pour vérifier que Squire effectuait ses rondes aériennes, nous repartîmes au pas de course dans les Monts Obscurs. Beaucoup plus rapide que nous, Odessa filait devant tandis que notre petite troupe serrait les rangs en s'efforçant de ne pas trop piétiner les broussailles par crainte qu'un éclaireur voie la trace de notre passage et donne l'alerte.

Dans le bruit de nos respirations haletantes, des sacs qui cognaient sur les dos, des pieds frappant la terre sèche, je guettais un appel de Squire. Après quelques minutes de course à ce train d'enfer, nous accusions la fatigue ; Odessa, elle, atteignait déjà les rochers. Nous n'étions qu'à trois cents pieds du but ; le plus dur était fait. Mais, dans mon état d'épuisement, la distance à couvrir me paraissait s'étirer sur des milles et des milles.

À cent cinquante pieds des rochers, j'eus l'impression qu'il me suffirait de tendre le bras pour les toucher. Notre petite équipe avait trouvé un second souffle, et les cris soudains de Squire, là-haut, derrière nous, contribuèrent à nous dynamiser. J'eus si peur que je sprintai à toutes jambes. Dès que je fus à destination, je tombai à genoux à bout de souffle.

Personne ne disait rien tandis que nous nous remettions de nos efforts, et le silence rendait les cris de Squire plus terrifiants encore. Comme mes compagnons, j'espérais que le faucon manifestait sa joie de nous savoir à l'abri, ou qu'il avait repéré un de ses congénères avec lequel il échangeait des signaux.

Les rochers n'offraient pas une protection idéale ; pour ne pas être vus depuis la colline, nous dûmes nous asseoir ou nous coucher derrière. La situation se compliquait du fait que deux d'entre eux se trouvaient côte à côte, et le troisième quelques pieds plus loin. Ils étaient assez grands pour cacher chacun une personne ou deux, pas plus. Arrivée près de la roche solitaire, Odessa n'en bougea plus. Nous nous serrions derrière les deux autres, qui nous dissimulaient à peine.

Murphy fila rejoindre la louve et sauta sur son dos.

– Squire ne crie plus, murmurai-je.

Une précaution bien inutile, car nous étions si loin dans les Monts Obscurs que l'ennemi ne risquait pas de nous entendre. Je poursuivis donc à voix haute :

– Murphy, tu veux bien grimper sur le rocher et nous dire ce que tu vois ?

Nerveux comme toujours, il obéit et se mit à courir d'un bout à l'autre du bloc de pierre.

– Cesse de remuer, protesta Yipes, tu vas attirer l'attention.

– Je ne vois rien sur la colline, tout est calme, déclara l'écureuil avant de reprendre sa place sur le dos d'Odessa.

Lentement, je me redressai, de même que John et Yipes, jusqu'à ce que le haut de nos têtes dépasse des rochers. Murphy avait raison : il n'y avait personne au sommet de la colline. Soulagés et plus détendus, nous nous redressâmes encore un peu. C'est alors que Squire se posa pratiquement sous notre nez, battant de ses ailes puissantes. La frayeur nous précipita tous les trois à plat ventre.

– Une prochaine fois, sois gentil et préviens de ton arrivée, maugréa Yipes en se relevant pour s'épousseter.

– J'ai une idée ! m'exclamai-je.

Je me tournai vers Murphy et lui demandai de grimper sur le rocher pour voir s'il y avait du nouveau. Squire reprit son essor, soulevant un nuage de poussière. Étendus sur le dos nous attendions.

– Ne bougez plus ! lança Murphy. Il y a trois géants là-haut, avec des longues-vues braquées dans cette direction.

La sueur ruisselait le long de mes tempes. Dans un souffle, je transmis le message à mes compagnons et restai comme eux immobile à l'abri des regards.

Murphy quitta le rocher et disparut en courant. Les secondes se muèrent en minutes.

– J'ai peur, dis-je tout haut.

Oppressée, dépassée par les événements, je craignais de fondre en larmes. Je me mis à mâchonner une mèche de cheveux, un tic nerveux que j'avais depuis des années. John me prit la main, caressa le dos de mes doigts. Son pouce protecteur à la peau usée et râpeuse avait un effet apaisant. Il semblait me dire qu'il avait survécu à bien pire.

– Ça y est, ils sont partis, annonça Murphy, de retour sur son rocher. La colline est déserte et Squire a repris ses rondes.

– Il semblerait que notre compagnon ailé soit devenu fort utile, commenta John.

J'écartai mes cheveux de ma bouche et relâchai sa main pour pouvoir m'asseoir, puis nous nous rassemblâmes derrière les deux rochers pour partager ce qui nous restait d'eau et de nourriture.

Sans bouger de notre cachette, nous attendîmes que le soleil se couche derrière la colline. Peu de temps après, tout fut plongé dans le silence et l'obscurité. La nuit était tombée sur les Monts Obscurs, et nous n'avions plus ni eau, ni nourriture, ni abri.

XIII
Un événement inattendu

Les lumières progressaient rapidement, sans tressauter comme elles le feraient si des hommes munis de torches dévalaient la pente en courant. Des géants venaient vers nous, marchant d'un pas tranquille. La facilité avec laquelle ils nous rattraperaient sans même presser l'allure me terrifiait. Pendant que nous suivions des yeux la descente des torches, Odessa se mit à gronder tout bas.

– Essaie de te calmer, Odessa. Tu risques de nous trahir, murmura Yipes.

John et lui avaient bandé leurs arcs, prêts à décocher une flèche pour tenter de nous protéger. Pauvrement armés, nous n'avions pour toute défense que deux arcs et quelques petits couteaux.

Un rapide échange suivit : devions-nous rester cachés derrière les rochers ? Fuir au plus vite dans les Monts Obscurs, où nous n'aurions aucun refuge, en espérant que l'ennemi rebrousserait chemin ? Les lumières s'approchaient toujours, inexorablement.

– Je perçois de nouveau cette présence que j'ai sentie toute la journée, déclara John.

– Naturellement, les géants sont droit devant nous, répondit Yipes.

Tandis qu'ils discutaient, je me rendis compte que Murphy avait encore disparu. Avait-il foncé tête baissée sur ces terribles créatures pour leur mordre les jambes ?

Les géants avaient quitté la colline et avançaient vers nous en terrain découvert. L'écureuil n'était plus là, et nous n'avions nulle part où nous cacher. À voix basse, j'appelai Murphy, qui ne répondit pas. Je commençais à paniquer quand Odessa émit un grognement à peine audible. Nous échangeâmes des regards anxieux ; l'ambiance était au désespoir.

– Chut ! ordonna John.

Odessa cessa de gronder, on n'entendait plus que nos respirations. Puis je perçus un léger bruit de course, et bientôt Murphy revenu parmi nous couinait à pleine voix de manière incohérente, si excité qu'il ne se contrôlait plus.

– Du calme ! chuchota Yipes. Tu ne vois donc pas que les géants approchent ?

Prenant sur lui, Murphy réussit à articuler quelques mots :

– N'ayez pas peur. Restez tranquilles.

Curieuse déclaration de la part d'un animal en proie à une telle agitation qu'il parvenait à peine à s'exprimer clairement ! Notre confusion redoubla lorsqu'il repartit à toutes pattes vers les Monts Obscurs, s'éloignant des géants qui avançaient sur nous. Nous le perdîmes à nouveau de vue.

– Ça y est, il est devenu fou pour de bon ! lâcha Yipes en secouant la tête. Ce n'était sans doute qu'une question de temps.

Puis il reporta son attention sur son arc, le tendit en fixant les torches. Odessa se retourna dans la direction qu'avait prise Murphy et gronda. L'écureuil émergea soudain de l'obscurité, petite ombre indistincte filant au ras du sol.

J'eus alors une impression étrange, une perception floue. Ce n'était ni entendre, ni sentir, mais les deux à la fois. En scrutant les ténèbres, je me plaquai contre la roche ; la sensation se faisait plus réelle et plus effrayante. C'est alors que je le vis, masse informe et immense sortie de la nuit. Avant que nous n'ayons le réflexe de nous enfuir, le géant se tint devant nous, nous dominant de sa haute taille, telles les murailles de Bridewell. Sa stature prodigieuse dépassait l'entendement. Il portait à la ceinture un fourreau avec une épée.

– Vos flèches ne serviront à rien, dit-il. Vous devriez les ranger.

Sa voix apaisante avait une tonalité ancienne qui me surprit ; nous n'avions pas affaire à un jeune géant, mais à un vieux. Dans le noir, nous ne distinguions pas ses traits.

– Armon ? s'enquit John. Est-ce possible ?

– En personne, répondit le géant. Venu pour vous tirer de ce mauvais pas, selon la volonté de Warvold.

Dans la nuit sombre, la lune se levait ; les étoiles apparaissaient, toujours plus nombreuses. Enfin, j'aperçus son visage : comme je l'espérais, il était très sage et très bon, assez vieux, mais pas trop, empreint de force et de noblesse.

– Rassemblez vos affaires sans faire de bruit, dit-il. Ils mettent ces rochers là exprès. Vous l'avez constaté, il n'y a pas d'autre endroit où se cacher et, selon leur habitude, ils viendront ici vérifier s'il n'y a pas d'intrus.

Armon se pencha pour ramasser nos outres vides et les jeter sur son épaule, où elles paraissaient minuscules. Sur son autre épaule, il portait un grand sac, large de trois pieds et long de cinq au moins. J'étais curieuse de savoir ce qu'il transportait dedans.

Émerveillé, Yipes s'approcha de lui et se posta à ses pieds. Puis il leva les yeux vers John.

– À présent, vous avez une idée de ce que je

ressens, dit-il en tendant le bras pour toucher le genou du géant.

– Écartez-vous des rochers, ordonna celui-ci.

Nous obéîmes sans hésiter. L'un après l'autre, il souleva les gigantesques blocs de pierre, dont le plus gros avait presque la taille de mon bureau à Lathbury, et il les déplaça de quatre pas de géant en direction de la colline. Il accomplit cette tâche avec autant de soin que de rapidité, disposa les rochers de la même manière qu'avant, puis effaça les traces de son passage. Pas même essoufflé par l'effort, il se planta devant nous et désigna du doigt les Monts Obscurs, à l'opposé des torches qui avançaient toujours vers nous.

– Courez le plus silencieusement possible, dit-il.

Armon nous suivit à pas lents tout en recouvrant de son mieux les empreintes de nos pas. Quelques instants plus tard, il nous fit arrêter et s'accroupit.

– Ils sont arrivés aux rochers, murmura-t-il.

Les torches s'étaient séparées, il y en avait une près de chaque groupe de rochers que nous avions repéré plus tôt dans la journée. Notre attention se concentrait sur celui derrière lequel nous nous étions cachés. La lumière dansait au-dessus du sol, s'élevait de nouveau, et repartait vers la colline. Nous vîmes les trois torches se rassembler, puis s'éloigner dans la nuit.

Armon s'agenouilla et approcha de moi son beau visage ridé par les ans, et cependant sans âge. Contrairement aux hommes, il n'avait pas l'ombre d'une barbe ; sa peau était nette, parfaite. Derrière ses oreilles, ses cheveux noirs tombaient en vagues sur ses épaules.

– Tu dois être Alexa, dit-il.

Il posa sur ma joue des doigts aussi larges que ma main et deux fois plus longs. L'émotion me nouait la gorge. Sa présence me donnait le sentiment que nous vivions un véritable conte de fées et me rendait espoir dans cette situation critique. À son contact, ma peur s'évanouit. Le puissant géant était là pour nous protéger. Seul de sa race à servir Elyon, il venait soutenir notre cause.

Il se releva sans un mot de plus, regarda les étoiles pour s'orienter.

– J'ai préparé un endroit où nous pourrons nous reposer. Ce n'est pas très loin d'ici.

– Et là-haut, c'est comment ? demanda Yipes à ses pieds.

Il semblait très intrigué par Armon, comme si l'extrême différence de taille leur conférait un point commun. D'une main, le géant se saisit du bonhomme, le souleva en l'air dans le ciel nocturne et le regarda dans les yeux.

– J'ai entendu parler de toi, fit-il.

– Cela ne m'étonne qu'à moitié, répondit Yipes, dont les petites jambes pendaient dans le vide.

Armon le déposa à terre et se mit à marcher parallèlement à la colline. Murphy sauta à la cheville du géant et grimpa le long de son corps pour s'installer sur son épaule. Armon se contenta de lui tapoter le crâne de son gros index.

– La dernière des pierres, dit-il, comme s'il lisait un livre ancien. Il y a bien longtemps, j'avais une pierre, moi aussi ; hélas, ses pouvoirs se sont usés avec le temps : je n'entends que des couinements quand l'écureuil ouvre la bouche. Je suppose que toi, tu entends toutes sortes de choses ?

Il se tourna vers moi et, même si je le voyais mal dans l'obscurité, je compris qu'il souriait.

Armon ralentit et posa la main sur John ; sa paume lui couvrait le dos, et ses longs doigts s'enroulaient sur le bras de notre compagnon.

– Warvold m'a dit grand bien de toi, reprit le géant sans cesser de regarder où il allait. De toi, de Yipes et d'Alexa. Parfois, il ne parlait que de vous trois pendant des journées entières.

Puis il baissa les yeux sur John et ajouta :

– Il affirmait que derrière ce visage buriné résidaient des trésors de sagesse.

John pressa tant bien que mal l'énorme avant-bras d'Armon :

– Je me réjouis que vous soyez des nôtres. Voyant le récit de Warvold se matérialiser au cours des derniers jours, j'espérais que nous aurions de l'aide. Mes désirs sont comblés, c'est plus que je n'en attendais.

Tandis qu'ils parlaient, une foule de questions se bousculaient dans mon esprit ; je commençais à avoir du mal à les garder pour moi. N'y tenant plus, je demandai :

– Que sont devenues Catherine et Laura ?

Se tournant vers Yipes, Armon s'aperçut qu'il peinait et prenait du retard. Nous marchions plus vite qu'à l'ordinaire, et, si Yipes débordait d'énergie, ses jambes étaient minuscules comparées à celles du géant. Ôtant sa main du dos de John, Armon souleva le petit homme pour le poser sur son épaule, à quelque douze pieds du sol.

– C'est trop gentil, murmura Yipes.

Murphy en profita pour grimper encore plus haut et s'installer sur l'épaule de Yipes. Murphy sur Yipes, Yipes sur Armon : cela ressemblait à un numéro de cirque qui soulignait la nature unique de notre groupe. À présent, nos faiblesses me semblaient moins apparentes, et ce qui faisait notre force, plus évident. Les événements de la journée avaient prouvé que chacun de nous était doté de capacités que les autres n'avaient pas. Comme si nous étions les parties d'un même corps, nous dépendions les uns des autres et fonctionnions au mieux lorsque nous agissions ensemble. Ne sachant quelle partie de ce corps j'étais, je me sentis soudain inadaptée.

– Il nous reste une heure de marche, après quoi nous pourrons nous reposer et discuter de la façon d'aborder la vallée des Épines, expliqua Armon. Je préfère vous prévenir, nous ne dormirons pas longtemps, quelques heures tout au plus. Nous devrons nous lever avant l'aube pour mettre notre plan à exécution.

Voyant mon regard suppliant, il dut comprendre que je brûlais d'envie d'en apprendre davantage sur Catherine et Laura, car il ajouta :

– Nous aurons largement le temps d'élaborer une stratégie quand je vous aurai raconté ce qu'il est advenu des deux sœurs.

Et, alors que nous avancions, une brise soutenue nous fouettant le visage, il termina le récit laissé en suspens par Warvold.

XIV
Le reste de l'histoire

Tout changea pour moi dans l'heure qui suivit. Armon parlait avec une grande autorité, et, l'une après l'autre, les pièces du puzzle se mettaient en place. Marchant à ses côtés, j'en oubliai les terribles dangers qui nous guettaient – Victor Grindall et ses descendants, les torches sur la colline, les chiens sauvages qui hantaient la décharge de Castalia. L'imposante présence du géant emplissait mon univers entier.

– Peu après l'arrivée de Catherine et Laura dans le beffroi, il devint évident que nous ne pouvions pas rester là, commença-t-il. Nous devions quitter la région tous les trois, en quête de quelque endroit lointain où personne ne nous retrouverait. Il nous fallait emporter les pierres pour les protéger de Grindall et des puissances maléfiques qui le gouvernaient. Déjà, Grindall avait lancé ses hommes et ses géants sur mes traces. Leurs recherches les conduiraient bientôt à la Cité des Chiens, et notre cachette serait découverte.

Murphy descendit de son perchoir sur l'épaule de Yipes, me rejoignit en deux bonds et sauta dans mes bras. Ravie de l'avoir avec moi, je le serrai contre ma poitrine.

– Deux jours plus tard, au plus noir d'une nuit sans lune, nous nous sommes aventurés hors du beffroi ! Quand nous avons croisé une meute de chiens errants – ils étaient au moins vingt –, j'ai mis les petites à l'abri de leurs crocs en les hissant sur mon dos.

Armon posa la main sur le pommeau de son épée, dont le fourreau, long de six bons pieds, descendait jusqu'à sa cheville.

– Mon arme a beaucoup servi cette nuit-là. La première meute a battu en retraite ; mais d'autres s'approchaient de nous tandis que nous traversions la ville aux ruines encombrées d'immondices. Nous avons compté plus de cent chiens ; certains allaient par bandes de trente, d'autres par petits groupes comptant au plus cinq individus. Ils étaient rongés par la maladie, atteints de la rage pour beaucoup. Une seule morsure de ces bêtes contagieuses entraînerait la souffrance, la folie et la mort.

Il se tut un instant avant de poursuivre :

– En bordure de la Cité des Chiens s'étend une vaste forêt qui longe la rive ouest du lac sur quelques milles. Nous étions en fuite : la forêt grouillait d'hommes et de géants qui me cherchaient, moi et les pierres. Grindall avait cependant commis une grave erreur : à l'époque, les géants qui le servaient étaient encore loyaux à ceux de leur race. Et là, dans la forêt, deux hommes nous ont vus. Ils ont sonné du cor pour donner l'alerte. Les trois géants venus en renfort se sont saisis des hommes pour leur défoncer le crâne en les précipitant contre les arbres.

Perché là-haut, Yipes se pencha pour me regarder. Un large sourire étirait ses lèvres sous sa fine moustache.

– Cette histoire me plaît de plus en plus, commenta-t-il.

– J'ai parlé aux géants, poursuivit Armon. Nous avons conclu un accord : ils nous escorteraient hors de Castalia, nous serions libres de parcourir la vaste Terre d'Elyon en quête d'une nouvelle demeure, et nous garderions les pierres pour les protéger. Après quoi, ils nous ont conduits jusqu'à la vallée des Épines, lieu fréquenté par les seuls géants. Tous ceux que nous avons croisés ont accepté de nous laisser partir. Ainsi, nous avons franchi la colline pour nous aventurer dans les Monts Obscurs sans savoir où le voyage mènerait nos pas. Sans nourriture, sans eau, nous disposions de très peu de temps pour fuir. Alors, j'ai repris les fillettes sur mon dos, et j'ai couru toute la nuit à travers les Monts Obscurs. Au matin, j'ai dormi une heure, et j'ai repris ma course jusqu'au coucher du soleil. En deux jours, nous étions au pied du mont Norwood, qui allait nous héberger pendant de nombreuses années.

– Vous habitiez dans les montagnes proches de Lathbury ? demandai-je, surprise de découvrir qu'ils avaient vécu près de chez moi.

– Exactement, répondit Armon.

Je songeai alors que, lors de ma première excursion avec Yipes au-delà des murs de Bridewell, j'étais peut-être passée dans des endroits qu'il connaissait.

– Nous sommes montés très haut sur les pentes verdoyantes, puis nous nous y sommes installés. Nous attendions et faisions le guet. Par temps clair, nous apercevions les contours de l'immense montagne située à l'est de Castalia, de l'autre côté des Monts Obscurs.

Il parlait du mont Laythen, beaucoup plus haut et plus large que le mont Norwood, un peu comme Armon comparé à Yipes. Reposant sur une vaste base circulaire d'une cinquantaine de milles de diamètre, c'était le sommet le plus élevé de la Terre d'Elyon.

– Les pierres restantes exerçaient une profonde fascination sur Catherine, en particulier celle qu'elle s'était choisie. Elle la protégeait avec un soin jaloux et mettait toute son âme à tenter de comprendre les autres. Bientôt, elle utilisa leur pouvoir pour se lier avec des animaux sauvages, dont un très joli puma. Avant de le connaître, elle ne voulait pas montrer les autres pierres à ses amies les bêtes ; mais le puma avait quelque chose de particulier, et elle le conduisit à l'endroit où elles étaient cachées. Ensemble, ils examinèrent les vingt dernières. Le puma percevait des détails que Catherine n'avait pas vus. Certains joyaux portaient une inscription dans une langue ancienne. Avec l'aide du puma, Catherine mit de côté ceux qui étaient marqués. Il n'y en avait que six. Les quatorze pierres sans inscription furent portées au pied de la montagne et déposées là à l'intention de ceux qui les trouveraient ; les six joyaux marqués furent cachés parmi des cailloux ordinaires au fond d'une fontaine secrète en haut du mont Norwood pour ceux qui auraient la chance de les découvrir, car telle était la volonté d'Elyon.

« Catherine et le puma passèrent beaucoup de temps ensemble ; il lui expliqua ce qu'il avait lu dans les pierres, lui montra à quoi ressemblait la langue ancienne et comment la déchiffrer. Forte de cette connaissance, Catherine se mit à collectionner des objets pour y graver des motifs avec des messages secrets dissimulés dans le dessin. Avec le temps, elle apprit à se servir d'outils très précis sur des objets de plus en plus petits, jusqu'à ce que, beaucoup plus tard, elle soit capable de graver ses messages sur de minuscules médaillons comme on en voit au cou de simples chats de bibliothèque. Elle appelait cela des Jocastes.

– Pas possible ! soufflai-je.

– Catherine n'était autre que Renny Warvold, dit alors John.

À sa voix, je compris qu'il l'ignorait aussi et venait, comme moi, de faire le rapprochement. Armon nous regarda tous deux avec gentillesse et hocha lentement la tête, les yeux emplis d'espoir et de tristesse.

– Peu après qu'elle eut gravé les paroles d'Elyon sur les six pierres, un jeune aventurier vint chercher le repos au mont Norwood après de longues années d'errance. Il avait exploré cette terre jusqu'aux falaises les plus lointaines, au-delà d'Ainsworth, vers le nord, et jusqu'en haut du mont Laythen, d'où il avait observé les malheurs de Castalia. Il avait traversé les Monts Obscurs, les magnifiques forêts, et s'était même aventuré dans les méandres envoûtants du Traître-Champ. Il avait visité les deux cités de la falaise Nord et celle de l'Ouest. Dans tous ses voyages, jamais il n'avait vu lieu plus paisible et plus joyeux que le mont Norwood, et c'est là qu'il est revenu, alors que j'y vivais depuis douze ans avec Catherine et Laura.

– Thomas Warvold, murmurai-je.

Une nouvelle pièce du puzzle s'était mise en place.

– Comme l'avait souhaité Elyon, le jeune Warvold tomba par hasard sur la mare aux Jocastes et crut avoir trouvé le plus beau des trésors sur la Terre d'Elyon. Les deux fillettes étaient devenues des femmes, et c'est en leur compagnie que je rencontrai Warvold au bord de la fontaine. Il avait déjà vu des géants ; cependant je ne ressemblais pas aux autres. Habitué aux curiosités et bizarreries, il ne s'étonna pas plus que cela. Nous fîmes bien vite connaissance. Selon le rituel, nous offrîmes une Jocaste à Warvold et passâmes avec lui des moments agréables, environnés par la beauté du mont Norwood.

« Comme vous vous en doutez, Catherine et Warvold tombèrent amoureux l'un de l'autre et se lassèrent bientôt de vivre en solitaires dans les montagnes. Il fut décidé que Warvold se rendrait à Ainsworth pour y recruter des gens afin de construire une cité nouvelle de l'autre côté du Grand Ravin, une ville forte, entourée de murailles pour protéger les habitants des dangers du monde extérieur. Il fut également convenu qu'avant de l'accompagner Catherine prendrait le nom de Renny au cas où quelqu'un aurait entendu parler d'elle et de la légende d'Armon.

Les épreuves qu'avait traversées Renny me laissaient sans voix. Je n'étais qu'une enfant à sa disparition ; j'avais beau tenter de me souvenir d'elle, aucune image ne me revenait. Pourtant, elle me manquait cruellement, j'aurais aimé qu'elle soit encore en vie.

– Au cours des années qui suivirent, Lunenburg vit le jour, Renny et Thomas eurent un fils, Nicolas, et ainsi le royaume de Bridewell apparut sur la Terre d'Elyon.

À ce point de son récit, Armon s'interrompit pour s'agenouiller. Enfin, je distinguais l'expression de ses traits.

– Peu après la construction des murs, je sentis une terrible présence maléfique du côté de la lointaine Castalia. J'y allai donc ou, plus exactement, je vins à l'endroit où nous sommes. Au cœur de la nuit, je gravis la colline sans bruit. Je dois, hélas, vous informer de ce que j'ai vu de là-haut.

Il nous fit signe d'approcher, et nous nous regroupâmes autour du géant agenouillé.

– Depuis les origines, des récits circulent parmi les nôtres, des récits sacrés qui ont perdu de leur vérité pour devenir des fables, à mesure que notre nature humaine prenait le dessus. Avec le temps, la

Dixième Cité, qui était notre ancien domaine, a disparu de nos mémoires.

Armon marqua une pause pour réfléchir à ce passé, évaluer ce qu'il pouvait nous dire et ce qu'il devait taire.

– Les hommes appartiennent à une race sujette à l'oubli et au doute. Ils ont beaucoup de peine à se remémorer le passé lointain, et il en va de même pour nous. En ce dixième règne des Grindall, nos souvenirs de la Dixième Cité s'effacent.

Armon s'interrompit de nouveau, reporta son attention sur l'immense colline, guettant un signe de vie à la lumière de la lune. Puis il se retourna vers nous et demanda, les yeux baissés :

– Vous avez entendu parler des chauves-souris ?

Il fut très étonné d'apprendre que non seulement nous connaissions leur existence, mais que nous avions aussi croisé leur chemin dans les Monts Obscurs.

– Où les avez-vous vues ? Par ici ? s'enquit-il, inquiet.

– Non, le rassura Yipes. C'était loin, à des milles et des milles. Beaucoup plus près de Bridewell que de là où nous sommes.

Malgré le ton affirmatif de Yipes, Armon demeurait anxieux, et il nous expliqua pourquoi :

– Il ne faut pas qu'elles m'aperçoivent. Jamais ! Cet essaim d'un millier de chauves-souris est envoyé par Abaddon depuis la fosse où il réside. Elles ont pour mission de mordre et blesser les géants à la tête pour les contaminer et les soumettre à la volonté de leur maître. Imaginez un géant de ma taille presque chauve, avec quelques maigres touffes de cheveux autour des oreilles, au crâne et au visage couverts de croûtes, et de plaies qui suintent et ne guérissent pas, aux dents gâtées, noircies, ou même édenté – une créature hideuse et défigurée au service d'Abaddon.

Armon se releva, nous dominant de toute sa hauteur :

– Voilà ce qui arrive aux géants lorsqu'ils sont découverts par l'Essaim Noir.

Il resta un moment silencieux, les yeux clos, nous laissant mesurer la portée de ses mots. J'avais le sentiment que la suite serait plus effrayante encore.

– Je suis le dernier de ma race. L'Essaim a touché tous les autres, reprit-il en rouvrant les paupières. Ceux qui se trouvent derrière la grande colline ne sont pas mes semblables, mais le pire fléau sur la Terre d'Elyon – quatre-vingt-dix-huit monstres gigantesques, dont le seul but est de nous détruire pour qu'Elyon ne revienne jamais.

– L'Essaim ne chasse donc plus qu'une seule proie ? s'enquit John.

Sa troublante question pesa dans l'air, noire et

lourde de menaces, jusqu'à ce qu'Armon se tourne vers les Monts Obscurs et reprenne la parole :

– Il se déplace de nuit et me cherche sans répit pour me contaminer à mon tour.

Il reporta son attention sur nous, une lueur d'espoir dans le regard.

– Nous devons gagner la bataille avant que les chauves-souris me découvrent, conclut-il avant de se remettre en marche.

Dans l'obscurité, je courus vers lui pour profiter du réconfort que m'apportait sa présence. Je me réjouis lorsque, enfin, il rompit le silence. Sa voix sereine dissipait mes visions de bêtes monstrueuses.

– Il y a cependant quelques bonnes nouvelles. Je n'ai pas tout à fait terminé mon récit. Les géants corrompus ne sont pas plus puissants qu'ils l'étaient à l'origine et, s'ils restent très forts, ils peuvent être vaincus par qui connaît leur point faible. Mieux encore, tuer tous les géants revient à détruire la colossale armée d'Abaddon, le laissant sans défense, furieux, à la merci de sa folle témérité.

– Quatre-vingt-dix-huit, c'est beaucoup, remarquai-je.

– Certes, la tâche est rude, admit-il. Mais tu ne dois jamais oublier qu'Elyon, dont les voies mystérieuses sont impénétrables, est avec nous. Le créateur des humains et des Séraphins nous a choisis, et j'ose espérer que, dans sa grande sagesse, il nous guidera vers la victoire alors même que tout semble désespéré.

Nous marchions depuis un moment quand il s'arrêta, regarda autour de lui et déclara :

– C'est ici. J'ai apporté de l'eau et de la nourriture. Posez vos affaires et restaurez-vous. Vous ne dormirez que quelques heures.

Nous étions toujours en terrain découvert, face à la grande colline.

– Ce n'est pas un peu trop exposé ? s'inquiéta Odessa.

Je traduisis sa question pour Armon.

– Nous ne trouverons pas mieux, j'en ai peur. Je monterai la garde pendant la nuit mais je doute que des intrus se manifestent.

Ayant déposé mon sac sur la terre craquelée, je pris une poignée de baies séchées et de noisettes dans les provisions d'Armon.

– Si vous n'êtes pas trop fatigués, j'aimerais vous raconter le reste de l'histoire. Cela vous donnera le courage nécessaire pour affronter les jours qui viennent.

Armon s'assit parmi nous et rassembla ses pensées avant d'évoquer une dernière fois les événements du passé. Tandis qu'il réfléchissait, je contemplais le ciel nocturne, avec sa lune pâle et ses étoiles innombrables ; je m'interrogeais sur l'univers, sur toute la création, je me demandais pourquoi la lune et les étoiles se levaient à la tombée de la nuit et le soleil avec le jour.

Contrairement à ses habitudes, Odessa, qui venait rarement se coucher pour dormir près de moi, s'étendit à mon côté, sa tête blottie contre la mienne. Murphy lui sauta sur le dos et se fit un lit dans sa douce fourrure grise, chacun de nous puisant le réconfort dans la présence des autres.

– Le dixième règne des Grindall a commencé peu après mon départ de Castalia, reprit Armon. Je connais ce prince des ténèbres, ce dixième Victor Grindall. Il a accédé au trône par la ruse et le meurtre et, sitôt au pouvoir, il a tout mis en œuvre pour retrouver les pierres restantes. Malgré ses efforts, Victor Grindall ne parvint pas à découvrir le trésor disparu, et son échec causa le courroux d'Abaddon. Alors, Grindall envoya les géants par-delà les Monts Obscurs, en des lieux qu'ils n'avaient encore jamais fouillés.

« Bientôt, les géants arrivèrent en vue des murailles de Bridewell. Pervis Kotcher, le chef des gardes, fut le premier à les apercevoir depuis sa tour de guet à la porte de Lunenburg. Il se doutait que ce moment viendrait, car Thomas et Renny lui avaient dit que, s'il voyait un jour des géants dans les Monts Obscurs, il devait garder le secret et ordonner à ses guetteurs de quitter immédiatement leur poste. Si d'autres les avaient vus aussi, Pervis devait les rassembler et les conduire devant Warvold. En aucun cas la population ne devait être avertie du terrible danger qui rôdait à l'extérieur de la cité fortifiée.

« En cherchant les Warvold, Pervis tomba d'abord sur Renny et lui apprit que des géants approchaient. Renny le pria de prévenir Thomas ; puis, sans plus attendre, elle se précipita dans la bibliothèque et emprunta le passage secret qui conduit sous la ville jusque dans les montagnes. »

Armon se cala sur ses puissantes mains tandis que nous le regardions, les yeux écarquillés.

– Dans le tunnel, il existe une porte dérobée qui, une fois ouverte, mène rapidement dans les Monts Obscurs. Renny emprunta ce passage. Peu de temps après, les géants arrivèrent devant le mur d'enceinte. Elle se trouva seule et sans protection au milieu d'eux.

– Pourquoi, Armon ? Pourquoi a-t-elle fait cela ? m'exclamai-je.

– Elle pensait, à juste titre, que, si elle se livrait à eux, leur colère s'apaiserait peut-être. Que la capture de celle qui avait emporté les pierres serait pour eux une raison suffisante de regagner la Tour Ténébreuse. Ce serait une prise pour le moins digne d'intérêt. Elle proposa donc de les suivre et refusa de dire ce qu'elle savait à tout autre que Victor Grindall en personne.

« À peu près au même moment, Warvold et Pervis arrivèrent à la tour de Lunenburg. Les géants, dont Warvold affirmerait plus tard qu'ils étaient déjà possédés par Abaddon, étaient en mesure d'ouvrir une brèche dans la muraille s'ils le voulaient. Mais ils désiraient seulement les dernières pierres, et ils exigèrent que Warvold les leur restitue. Ou il leur remettait les pierres, ou Bridewell serait envahie, et tout le royaume détruit.

« Les armes de guerre n'étaient pas très développées à Bridewell. La ville n'avait guère que ses archers pour la défendre. Les géants inquiétaient d'autant plus Warvold qu'ils portaient de grands boucliers de métal et des sacs remplis de cailloux gros comme des pastèques, qu'ils étaient sans doute capables de lancer avec précision. Avec leurs têtes hideuses, dégoulinantes de sueur et du pus qui suintait de leurs plaies, avec leurs boucliers et leurs lourdes armures noires, ces colosses pouvaient tenir Warvold et son piètre arsenal en échec. D'une taille prodigieuse, ils étaient bien armés et bien protégés. Une centaine de ces monstres anéantiraient la population de Bridewell et, le saccage terminé, ils feraient subir le même sort à Turlock et à Lathbury. »

Armon regarda Yipes qui, pris par le récit, était assis tout droit et le fixait avec des yeux comme des soucoupes. À l'instar de la majorité des habitants de Bridewell, il adorait qu'on lui raconte une bonne histoire. À mon avis, il ne réalisait pas que celle-ci nous impliquait, et que les paroles d'Armon nous annonçaient des dangers épouvantables.

– Thomas prit la situation pour ce qu'elle était, continuait le géant : une rencontre cruciale dans la lutte entre les forces qui se disputaient le contrôle de la Terre d'Elyon – les forces du bien et du mal. Le prix à payer était, hélas, plus lourd qu'il ne l'imaginait. Il aurait de bon cœur donné sa vie ; mais il souffrait de devoir sacrifier son peuple ou son épouse bien-aimée. Il connaissait la cachette des six Jocastes. Il pouvait conduire ces odieux géants jusqu'à la fontaine du mont Norwood. Satisfaits, ils repartiraient à travers les Monts Obscurs. Quel mal s'abattrait alors sur le pays ? Combien de temps faudrait-il avant qu'une force plus ténébreuse encore revienne et bondisse par-dessus les murailles s'il trahissait le secret ? Warvold refusa donc de révéler ce qu'il savait et, en ce jour terrible, Catherine lui fut enlevée. Selon la rumeur, si elle s'obstinait à ne pas dévoiler la cachette des pierres, elle serait gardée prisonnière au plus profond de la Tour Ténébreuse à Castalia, jusqu'à ce que les dernières

Jocastes soient retrouvées et rendues à Grindall pour payer sa rançon.

« J'ignore ce que Catherine leur a raconté et comment elle s'y est prise pour tenir les géants à l'écart de Bridewell depuis dix ans. Peut-être les a-t-elle envoyés fouiller la Cité des Chiens ou les rivières du mont Laythen. Quoi qu'il en soit, je suis certain d'une chose : elle est toujours parmi nous. Catherine, la femme que vous connaissez sous le nom de Renny, est vivante et enfermée dans les cachots de la tour, sur l'autre rive du lac. »

Seconde partie

XV
La pluie et le feu

— Debout, Alexa ! Le feu a pris.

Je m'éveillai dans le noir et le froid, frissonnante, le corps douloureux après une mauvaise nuit de plus sur le sol inhospitalier des Monts Obscurs. Les autres s'activaient déjà ; certains regardaient la lueur orange qui ondoyait sur la colline, de l'autre côté du ravin. Ce n'était pas le soleil qui se levait à l'horizon, mais quelque chose de plus dangereux et de plus proche.

– Que se passe-t-il ? demandai-je en me frottant les yeux pour en chasser le sommeil.

Sitôt levée, je sentis la terre dure et sèche sous mes pieds meurtris. Je me penchai pour gratter les croûtes de mes jambes, sans parvenir à soulager mes démangeaisons. C'était encore la nuit, ou très tôt le matin ; seules les étoiles et le feu donnaient un peu de lumière dans l'obscurité.

– Armon n'a pas chômé pendant que nous dormions, dit Yipes, tout en bâillant et en s'étirant.

J'allai les rejoindre à leur poste d'observation.

– Le vent descend du mont Laythen jusque dans la vallée, expliqua Armon. Souvent, les nuages d'orage s'assemblent à son sommet. En période de canicule, les incendies ne sont pas rares sur les pentes de cette colline. Tout brûle et noircit pour renaître au printemps ; alors les broussailles reverdissent, et le cycle se répète d'année en année. Les buissons morts s'embrasent facilement, de manière naturelle ou par la faute de l'homme.

Ma vision s'était accoutumée à la nuit étoilée, au lointain rougeoiement des flammes. Armon s'agenouilla près de moi et me désigna un point dans les ténèbres :

– J'ai démarré un feu avec mon silex au pied du mont Laythen, puis le vent l'a poussé de la montagne vers notre colline.

Déjà, l'incendie s'était propagé de sa base au sommet et redescendait vers le ravin du côté où nous nous trouvions. J'imaginais qu'il s'étendait aussi au versant que nous ne voyions pas.

– La vallée des Épines est faite de milliers de poteaux enduits d'épais goudron, et les chaumes à leur pied flamberont comme toujours. Les géants se retireront jusqu'à la lisière de la forêt pour la protéger au cas où les flammes s'approcheraient un peu trop. Là, ils attendront que l'incendie s'éteigne, puis ils arpenteront la vallée pour écraser les dernières braises sous leurs pas. Nous devons agir vite. Au matin, il sera trop tard.

Ces flammes orange dans la nuit me fascinaient. On aurait dit un serpent gigantesque qui rampait et se tordait sur la pente, dévorant tout sur son passage. À chaque bourrasque il s'étirait, brillait et chauffait davantage, puis il se tassait en un rougeoiement patient lorsque le vent retombait.

– Rassemblez vos affaires et respirez bien pendant que nous avons encore de l'air pur. La fumée nous couvrira, mais elle ne nous facilitera pas la tâche, nous avertit Armon.

– À quelle distance se situe la grande montagne ? s'enquit John, qui tentait de s'orienter pour savoir à quel endroit nous pénétrerions dans la ville.

– D'ici ? À une vingtaine de milles, répondit Armon.

– Vous n'avez pas pu faire tout ce chemin pendant que nous dormions, objecta Yipes. Quarante milles en quelques heures, c'est inimaginable, même pour vous.

– En deux heures et douze minutes très exactement. Tu crois que j'ai passé ces années à me prélasser dans les montagnes, à me gaver de mûres et à grossir comme un joyeux paresseux ?

– Non, mais tout de même. *Quarante milles ?* insista Yipes.

Armon n'avait plus rien à dire sur le sujet. Le silence régnait de nouveau sur l'obscurité tandis qu'une brise fraîche poussait les flammes dans notre direction.

Nous partîmes à l'opposé, dans l'alignement de la colline. L'incendie était encore loin, mais il progressait rapidement. Selon mes calculs, il serait sur nous en moins d'une heure. Déjà, une odeur de fumée, agréable malgré tout, flottait dans l'air, et l'épais voile de brume qui montait dans le ciel nous cachait les étoiles.

– Nous devons nous hâter, mettre le cap vers le sud, jusqu'à un mille des falaises, puis nous gravirons la colline pendant que les flammes dansent à nos pieds, dit Armon. Espérons que les géants restants ne nous verront pas entrer dans la forêt quand nous serons de l'autre côté.

Nous marchions d'un bon pas, pressant l'allure à mesure que le vent forcissait, et que le feu nous rattrapait. En un rien de temps, la distance qui nous en séparait avait réduit de moitié. Vingt minutes plus tard, les flammes étaient plus proches que prévu.

– Il faut courir ! cria Armon.

Il s'agenouilla et m'ordonna de sauter sur le grand sac de cuir qu'il portait sur son dos et de m'y accrocher. Il prit ensuite Yipes et Murphy sur ses épaules puis se redressa. Au sol, John et Odessa jouaient des jambes, aiguillonnés par les pas gigantesques d'Armon qui claquaient comme des coups de fouet derrière eux. J'étais impressionnée par la taille de son dos, la largeur de son cou, la hauteur sidérante à laquelle j'étais, la puissance qui émanait de lui. J'avais l'impression de chevaucher un énorme taureau d'une force incroyable, et craignais d'être projetée en l'air pour finir écrasée sous ses pieds.

– À présent, dit Armon, nous devons gravir la pente. Faites le moins de bruit possible, étouffez votre toux, et ne vous arrêtez que sur mon ordre.

La fumée avait épaissi et arrivait par vagues. Le serpent de feu rampait à moins de cent coudées sur notre droite et se rapprochait toujours. J'étais très étonnée par la hauteur des flammes. Je croyais qu'elles ne s'élèveraient pas à plus d'un pied, mais avec les bourrasques elles s'élançaient jusqu'à sept ou huit pieds pour lécher le ciel noir.

Conduite par Armon, notre petite troupe progressait en biais vers la colline et atteignit bientôt sa base. En me retournant, je vis que John et Odessa étaient sur nos talons. Au moment d'aborder l'étape la plus difficile du trajet, je constatai qu'Armon avait tout calculé. Dans la chaleur croissante, la fumée nous enveloppait de ses larges volutes blanches informes. À intervalles réguliers, je m'assurais que nos compagnons nous suivaient toujours. Mais à mi-pente la fumée devint si dense que je ne les voyais plus.

– Armon, nous les avons perdus ! m'exclamai-je.

Un coup d'œil sur ma droite m'apprit alors que le feu était dangereusement proche. Caché par l'écran de fumée, il avait rampé jusqu'à nous, et les flammes dansaient autour des pieds chaussés de cuir d'Armon.

Sans cesser de courir, celui-ci se décala vers la gauche et continua son ascension vers le ciel bouché. Il avait accéléré, bondissait à grandes enjambées en faisant des écarts pour éviter les flammes.

– Armon, vous allez les semer ! Ils ne peuvent pas suivre !

Ignorant mes protestations, il courut de plus en plus vite jusqu'au sommet – un plateau interrompu par l'à-pic d'une falaise. Là, il nous posa à terre, puis repartit en hâte d'où il était venu.

– Éloignez-vous du feu et restez par ici, dit-il en s'enfonçant dans l'épais nuage. Surtout, ne descendez ni d'un côté, ni de l'autre.

En haut de la colline, la fumée était moins dense, mais nous avions toujours du mal à respirer. Yipes, Murphy et moi restions en avant des flammes qui approchaient, glissant parfois le long de la pente car nous évitions le plateau pour ne pas être trop exposés. En regardant vers le bas, je ne voyais toujours pas nos compagnons au cœur de la nappe impénétrable.

– J'espère qu'ils sont sains et saufs, couina Murphy.

Les secondes se muèrent en minutes. Nous nous étions déplacés d'au moins trente pieds pour échapper au feu. Levant les yeux, je m'aperçus avec étonnement que notre horizon se limitait à quelques coudées dans toutes les directions. Le ciel était tellement envahi de fumée que je pris peur. Je me demandais aussi à quelle distance nous nous trouvions de la face sud, où la falaise tombait à pic jusqu'aux rochers accidentés de l'océan de Solitude.

Tandis que j'étais tournée vers la falaise, Odessa vint renifler et gratter à mes pieds. Je m'agenouillai pour nouer les bras autour de son grand cou au poil dru.

– Armon est derrière moi avec John, dit-elle.

À peine avait-elle terminé sa phrase qu'Armon apparut, portant John sur l'épaule comme un sac de noix. Il le laissa tomber à terre, et je constatai avec joie que notre ami était indemne et conscient.

– Les nuages viennent par ici. Bientôt, il va pleuvoir et nous ne serons plus couverts.

Sans un mot de plus, Armon s'accroupit et s'aventura sur le plateau du sommet. Au bout d'une vingtaine de pieds, le sol redescendait, plus raide que le versant que nous avions gravi. De là-haut, je vis briller au loin les lumières de Castalia dans le paysage noyé sous un linceul de fumée ténébreuse.

– Suivez-moi attentivement, sans dévier à droite ni à gauche, dit Armon. Tenez-vous les uns aux autres pour que nous ne soyons pas séparés dans cette brume.

Puis il entama la descente avec Yipes et Murphy sur les épaules. Je me cramponnais à son sac, John, à son gilet de cuir d'une main et, de l'autre, à la crinière d'Odessa.

La pente était abrupte, couverte de broussailles et de pierraille. Dès qu'un caillou dégringolait, délogé par les pieds immenses d'Armon, je grimaçais, craignant que le bruit de sa chute donne l'alerte et qu'un monstrueux géant surgisse soudain sous nos yeux. Arrivée en bas, j'éprouvai un vif soulagement malgré la fumée grise, plus dense que jamais. Mes poumons réclamaient désespérément l'air frais et, tandis que mon corps cherchait à s'adapter, j'entendais siffler ma respiration. Aux premières gouttes de pluie, le vent se mit à souffler, dispersant en spirales la fumée qui nous enveloppait.

– Voilà la vallée des Épines, annonça Armon.

Un vaste champ de poteaux, lugubre comme un cimetière, était apparu entre les volutes de fumée.

– Ne touchez à rien, avancez prudemment. De minces fils relient certains poteaux entre eux, et nous devons les éviter. La pointe de chaque pieu est badigeonnée de substance toxique. Considérez que ce champ est un labyrinthe de piques empoisonnées. Restez sur mes talons. Si nous laissons des traces, nous serons découverts à coup sûr.

Armon zigzaguait entre les poteaux ; certains étaient courts, d'autres arrivaient à hauteur de son dos que je ne quittais pas du regard, et leur pointe effilée luisait de poison rouge sang. Je m'agrippais à son sac de cuir en espérant qu'il ne serait pas projeté en l'air et moi avec, pour finir empalée sur l'une de ces piques. Telle une brume mouvante, la fumée dansait autour de nous, autour des pieux dressés tels des ossements dans la pâle lumière de l'aube. Après quelques premières gouttelettes, la pluie tomba plus dru, à grosses gouttes pressées. Bientôt, les vannes du ciel s'ouvriraient en grand, éteignant l'incendie, chassant la fumée qui nous dissimulait.

Armon s'arrêta brusquement, silencieux et immobile. Nous avions presque traversé la vallée des Épines et approchions du but. La forêt s'étendait devant nous, je distinguais déjà la silhouette des arbres, mais ce n'était pas tout. À travers le mince voile de fumée qui subsistait, je perçus un mouvement sur notre droite. Dans le petit matin brumeux, mon cœur tambourinait contre le dos d'Armon. À ce moment le ciel déversa ses eaux. La nuque et le crâne luisant d'un géant apparurent ; ses monstrueuses épaules bancales roulaient d'avant en arrière, comme s'il s'escrimait sur quelque tâche. Puis un second géant se matérialisa et vint vers le premier. Je le vis tout entier tandis qu'il passait à dix pieds de nous dans la grisaille, son visage difforme ruisselant de pluie, son odeur nauséabonde si puissante malgré l'averse purifiante que j'en eus la nausée. Il écarta le premier géant, et ils se mirent à aboyer dans une langue que je ne comprenais pas. À entendre ces sonorités gutturales, graves et mouillées, on aurait dit qu'ils crachaient les mots. Ensemble, ils s'éloignèrent à grands pas, laissant derrière eux un poteau qui penchait sur la gauche, comme si, contrairement aux autres, il n'était pas fixé.

Les rideaux de pluie achevaient de dissiper la fumée quand Armon se remit en marche, poussant John et Odessa dans la noire forêt. Un groupe de géants s'assemblait à notre droite, près de ceux que nous avions aperçus. Au moment où ils se retournaient vers l'endroit que nous occupions, Armon se glissa parmi les arbres, m'emportant sur son large dos.

Sous les lambeaux de fumée qui s'accrochaient aux branches, nous restâmes quelques instants immobiles à respirer l'air pur. Les bois étaient denses, encombrés de taillis noueux. Je me réjouissais d'être sur le dos d'Armon, à l'abri des griffures dont j'aurais souffert au sol.

– Il nous faut encore traverser la forêt, mais le reste de fumée nous couvrira un peu, dit Armon à voix basse. Bientôt, nous atteindrons un sentier en sous-bois ; nous le suivrons jusqu'à une fourche. L'une de ses branches nous conduira jusqu'à notre cachette.

Murmurant toujours, Armon expliqua à John et Odessa qu'ils devaient l'observer avec attention, être prêts à l'imiter s'il quittait le sentier pour se mettre à l'abri, car les géants de Grindall patrouillaient le long des chemins.

En silence, nous nous engageâmes dans la forêt crépusculaire. Ce fut particulièrement pénible pour Odessa, dont les pattes se prenaient souvent dans les épais fourrés. Il ne fallut pas bien longtemps pour que nous atteignions le sentier qui serpentait parmi les arbres. En ce lieu de désespoir et de danger mortel, je me surpris à m'émerveiller de la simple beauté des courbes, des langues de brume flottant au-dessus de nos têtes, de la lumière qui filtrait à travers les nuages entre lesquels on apercevait maintenant des trouées de ciel bleu. L'averse était passée, la pluie n'était plus qu'une bruine. Armon nous déposa, Yipes, Murphy et moi, sur le sol humide, dont le contact était doux sous mes pieds. Nous poursuivîmes notre marche sinueuse derrière Armon qui guettait l'approche de nos ennemis.

– Pourquoi sentent-ils si mauvais ? murmurai-je.

Portant un doigt à ses lèvres, il me fit signe de me taire, se tourna vers moi et chuchota en retour :

– Parce qu'ils pourrissent de l'intérieur.

Voyant que je grimaçais de dégoût, il mit un genou à terre, puis se pencha pour s'adresser au groupe :

– Ma race est en voie d'extinction, commença-t-il tristement.

Je compris à ses yeux combien il souffrait d'être le dernier des siens.

– Les autres ne sont plus des géants, mais des êtres métamorphosés, possédés par le mal, sans une once de lumière en eux. Mieux vaut les appeler des ogres, car c'est ce qu'ils sont devenus. Je n'ai plus rien de commun avec eux.

Il faisait grand jour à présent ; dans la nature réveillée, les plantes et les feuilles humides dansaient doucement sous la brise. Là-haut, le ciel était d'un bleu de saphir, avec quelques petits nuages. Les grands arbres qui bordaient le sentier oscillaient, paresseux, au souffle du matin.

Soudain, il y eut un bruit derrière nous. Surprise, comme mes compagnons, j'eus si peur que je faillis plonger dans les buissons. C'était Squire qui venait de se poser sur une branche en battant des ailes.

– Squire, voyons ! protesta Yipes à voix basse. A-t-on idée de faire des entrées aussi dramatiques ?

En réponse, le faucon se mit à piailler, en nous fixant d'un air courroucé.

– Tous à l'abri, ordonna Armon.

Et, sans me laisser le temps de me retourner, il m'empoigna par la taille, me souleva de terre et m'emporta à travers les fourrés qui me fouettaient les bras et le visage. Squire reprit son envol tandis que nous nous cachions dans les taillis. À l'exception de Murphy, qui avait trouvé une noisette tombée au sol. Concentré sur ce délicieux morceau croquant, il grignotait avec insouciance au beau milieu du chemin, jusqu'à ce que deux ogres épouvantables ne soient plus qu'à quelques pas de lui. Pris dans leur ombre, Murphy leva les yeux, poussa un cri strident, courut comme un fou d'un côté, puis de l'autre, avant de filer en haut d'un arbre, d'où il vit les deux ogres s'éloigner – et les restes écrasés de son petit déjeuner.

Ils laissaient dans leur sillage une odeur détestable, relent putride de moisi, de chair en décomposition que le vent portait jusque dans les buissons derrière lesquels nous étions tapis. C'est à peine si les monstres avaient remarqué Murphy. Parvenus à l'endroit où le sentier se divisait, ils prirent des directions opposées, l'un s'enfonçant dans la forêt, l'autre obliquant vers le lac.

– Pourquoi n'y avais-je pas pensé ? demanda Yipes lorsqu'ils se furent éloignés. Il ferait un bon guetteur, là-haut – à condition qu'il ne mange pas la moitié de la forêt en chemin.

Il fut donc décidé que Murphy resterait dans les arbres pour nous servir d'éclaireur à travers les bois.

D'une beauté surprenante, le paysage s'animait d'une foule d'oiseaux et de petits animaux qui détalaient dans les broussailles. Le sentier longeait la rive du lac et, par une trouée entre les troncs, je pus contempler sa vaste étendue bleu de cobalt dont la surface chatoyante reflétait l'image du mont Laythen. La vue ne ressemblait à rien de ce que j'imaginais à Bridewell.

Nous marchâmes longtemps sans rencontrer d'autres ogres. Murphy nous ordonna cependant de nous cacher pour laisser passer trois femmes dans une carriole branlante tirée par un cheval qui paraissait bien maigre. Étonnée que d'autres gens circulent dans les bois, je compris que nous approchions de Castalia. À travers les buissons, j'observai les femmes, en particulier celle qui était assise de mon côté. Elle n'était pas jolie, mais elle avait dû l'être, et semblait fatiguée. Elle demeurait silencieuse tandis que ses deux compagnes parlaient à voix basse. Je me redressai un peu pour suivre leurs trois bonnets de couleur sombre qui dodelinaient au rythme des cahots de la route. Quelque chose me frappait chez cette femme silencieuse ; j'avais l'impression qu'une voix me disait de ne pas oublier son visage.

Nous reprîmes notre marche, et bientôt l'air nous apporta une mauvaise odeur tout aussi répugnante que celle des ogres et pourtant différente, plutôt comme une puanteur d'ordures qui pourrissaient. Murphy dégringola de son arbre et, une fois de plus, nous quittâmes le sentier pour les taillis.

Quatre mots furent alors prononcés – quatre mots qui réveillèrent nos inquiétudes :

– La Cité des Chiens, dit simplement John.

Et Armon fit oui de la tête.

XVI
À travers la Cité des Chiens

– Après le tournant, dans la clairière, la forêt cède la place à la décharge. Là, nous rencontrerons les chiens sauvages. Ils vivent en meutes, devenues plus importantes et plus féroces avec les années.

Il s'interrompit et renifla l'air. Sans doute se concentrait-il, rassemblant ses souvenirs des lieux tels qu'ils étaient à son départ.

– Sortez vos armes et préparez-vous au pire, murmura-t-il.

Veillant à ne pas faire trop de bruit, il dégaina son immense épée, puis il porta son attention sur Odessa, et ils restèrent tous deux à se regarder dans les yeux en silence.

– Tu pourrais bien nous être utile, ici, reprit-il. Avec un peu de chance, les chiens te prendront pour une des leurs et nous laisseront passer. En tout cas, nous ne les éviterons pas, ils savent que nous sommes là.

Nous allâmes jusqu'au bout du sentier, derrière Armon et Odessa qui marchaient fièrement côte à côte. En atteignant le dernier îlot boisé, je faillis tomber à la renverse sous l'effet de la puanteur que nous apportait une petite brise, prélude à ce qui nous attendait.

Vaste étendue de maisons en ruine et de montagnes de détritus, l'endroit ressemblait en gros à ce que j'imaginais. Des traces partaient dans tous les sens, ornières laissées par les roues et dans lesquelles s'accumulait l'eau de pluie. Les tas d'immondices fumaient au soleil matinal, et nous étions assaillis par un flot toujours renouvelé d'odeurs fétides.

Nous avancions, suivant Armon et guettant l'approche éventuelle d'ogres ou d'humains patrouillant dans les environs. Bientôt, nous fûmes au cœur de la Cité des Chiens ; l'air résonnait de hurlements proches et lointains. Odessa se mit à gronder, les oreilles dressées, les sens en alerte au cas où une meute surgirait pour nous attaquer. Sa démarche se fit hésitante.

– Où sont-ils, Odessa ? demanda Yipes, son petit arc tendu, prêt à tirer.

Je traduisis sa réponse pour mes compagnons :

– Ils se déplacent sans cesse. Il y a plusieurs meutes, au moins deux qui nous suivent et s'observent mutuellement.

Elle s'arrêta alors et se tourna vers nous :

– Ce sont deux meutes importantes. D'au moins cinquante individus chacune.

Soudain, nous entendîmes grogner et aboyer autour de nous. L'instant d'après, nous étions cernés ; une meute apparut près de deux tas d'ordures sur la gauche du sentier, et une autre arrivait de la droite. Les chiens nous encerclèrent, rangée après rangée. Leurs gueules dégoulinaient de bave, beaucoup avaient le museau couvert des plaies ouvertes, d'entailles, de cicatrices. D'autres se traînaient, boiteux et affaiblis, au dernier rang.

Notre petite troupe se resserrait à mesure que les bêtes approchaient. Fuir ne servirait à rien, au contraire ; les chiens en profiteraient pour nous séparer, nous mordre aux jambes l'un après l'autre afin de nous neutraliser et nous mettre en pièces.

– Vous pourriez leur parler, Odessa ? suppliai-je.

Le vacarme était terrible, j'avais peur, je tremblais. Le premier rang de chiens n'était qu'à quelques pieds de nous. Là où les deux meutes se rejoignaient, ils grondaient et se battaient sans merci. Nous serions bientôt pris dans une tornade de griffes et de crocs tandis que les clans rivaux se disputeraient l'honneur de nous dévorer.

Un gros chien noir à la tête énorme, au crin ébouriffé, qui, curieusement, semblait en bonne santé, s'avança alors. Ce devait être le meneur d'une des meutes. Odessa s'interposa entre lui et moi, grognant avec férocité. Face à face, ils se défièrent, sans attaquer, mais ne pensant à l'évidence qu'à cela. Le plus gros des chiens de l'autre meute – un bâtard au poil brun hirsute et aux crocs d'un blanc inquiétant – se détacha aussi de son groupe et vint se planter devant Armon. C'étaient des créatures terrifiantes, porteuses de maladies qu'une morsure suffirait à nous transmettre.

– Vous êtes devant un choix.

Inattendue, la voix calme de John déclencha une onde de hochements de têtes et de reniflements à travers cette mer de chiens sauvages.

– Nous pouvons livrer bataille ici, dans ce cloaque. Vous finirez sans doute par avoir raison de nous, mais, avant de rendre les armes, nous aurons tué beaucoup des vôtres, peut-être même la majorité. La seule épée d'Armon tranchera des vies par dizaines. Qui sait ? Nous pourrions même vous abattre jusqu'au dernier. Après tout, nous avons des lames, des flèches, et un géant.

John s'interrompit et regarda autour de lui :

– Contre cent chiens, c'est peut-être insuffisant. Quoi qu'il en soit, votre victoire n'est pas acquise.

Le chef de meute noir allait et venait, indécis, ne sachant que penser de cet homme.

– Comment se fait-il que vous parliez et que nous comprenions ? rugit-il. Vous entendez ce que je vous dis ?

John répéta ses paroles mot pour mot, ce qui accrut encore la confusion des deux meneurs. Abasourdis, inquiets, les autres chiens reculèrent pour attendre un ordre de leurs chefs.

– Si vous voulez bien m'écouter, j'ai une proposition à vous faire, que vous trouverez sans doute avantageuse, reprit John.

Il vint se placer entre les deux meneurs et mit un genou à terre, puis il leur expliqua qui nous étions et les raisons de notre présence. Dans son récit, il omit de nombreux détails sans grande importance. Il leur dit que nous étions là pour renverser Grindall, libérer son peuple des ogres, et délivrer une personne emprisonnée dans le château.

– Si vous êtes capables de contrôler vos meutes pour qu'elles nous aident à vaincre Grindall et son armée de monstres, je vous promets de faire tout ce qui est en mon pouvoir pour vous protéger, conclut John.

Le triste chien brun se lécha le nez et parut réfléchir à cette offre. Puis il s'adressa à l'autre chef de clan :

– Alors, Piggott ? Qu'en dis-tu ? Nous avons depuis longtemps choisi nos territoires et constitué nos armées. Hélas, la nourriture se raréfie d'une année sur l'autre, et nos luttes ne nous profitent guère. Bientôt, il nous faudra gagner les quais pour trouver à manger, et ce sera le coup de grâce. Les géants viendront nous exterminer jusqu'au dernier.

Fièrement campé devant nous, le chien noir nous examina avec attention. Je remarquai alors ses côtes saillantes sous son poil en désordre. Depuis combien de temps n'avait-il pas mangé à sa faim ? Attendrie, je résistai à l'envie de le caresser, de peur qu'il montre les crocs et les plante dans ma main.

– Scroggs, dit-il au chien brun, se pourrait-il que ce soit là le géant qui a emporté les dernières pierres ?

Armon nous observait en silence, émerveillé de nous voir communiquer avec les chiens. Pour lui, Piggott et Scroggs grognaient, aboyaient et remuaient la tête, langage qu'il n'avait aucune chance de comprendre.

Je sortis ma Jocaste de la bourse à mon cou et la leur présentai, lumineuse même au grand jour. Piggott et Scroggs reculèrent d'un pas ; les autres chiens se retirèrent plus loin encore, certains disparaissant derrière les ruines et les monceaux d'immondices, ne laissant dépasser que leurs museaux.

– C'est bien Armon, le géant qu'ils recherchent jour et nuit, dit Scroggs, stupéfait et tremblant. La fin est proche, plus proche que je ne l'aurais cru.

Suivit une vive discussion entre Piggott et Scroggs qui se disputaient pour savoir qui aurait le rang le plus élevé, quel était le meilleur moyen pour réunir les deux meutes et les faire travailler ensemble. Dans leur enthousiasme à l'idée de renverser Grindall, ils paraissaient plus féroces que jamais.

Il fut décidé que nous devions rester cachés et que, une fois de plus, le beffroi situé à l'autre extrémité de la décharge nous servirait de refuge. Scroggs et son clan patrouilleraient au nord de la Cité des Chiens ; Piggott et le sien, au sud. Le moment venu, nous les appellerions, et les cent chiens unis assiégeraient le château au plus noir de la nuit.

– Nous exigerons un paiement en échange de notre aide, dit alors Piggott.

Aussitôt, tous les chiens se mirent à geindre et à glapir.

– Il y a une boucherie sur les quais. Apportez-nous cent pièces de viande fraîche, et nous nous battrons jusqu'à la mort. Ces bêtes méritent d'avoir un bon repas dans leur vie, et je tiens à le leur offrir.

Du regard, je parcourus l'assemblée canine. Une fois les grondements et les aboiements calmés, ils avaient l'air bien pitoyables. Malgré leur grande taille, beaucoup paraissaient étrangement fragiles et soumis ; à l'évidence, ils étaient presque tous malades. J'en eus le cœur serré et, si je souhaitais les voir sauvés, je savais aussi qu'une victoire contre Grindall ne changerait rien pour eux. Les pauvres créatures étaient promises à une mort certaine. Scroggs et Piggott le savaient aussi, ce qui expliquait sans doute leur empressement à défendre notre cause. Mieux valait une fin héroïque par l'épée que la triste agonie qui les attendait tous. Ils haïssaient Grindall, ses ogres et leur cruauté, c'était une occasion de les anéantir, de servir un noble but avant de disparaître.

– John et moi nous en chargerons, dis-je. Vous aurez votre repas, avec du supplément si nous pouvons le porter.

Les deux meutes restèrent chacune de leur côté tandis que Scroggs et Piggott nous guidaient à travers la Cité des Chiens jusqu'au beffroi. Il ne nous manquait plus qu'une chose, dont le succès de notre mission dépendait presque entièrement. Il nous fallait des Castaliens. Des Castaliens en grand nombre.

XVII
Les docks

Le beffroi était exactement comme je l'avais imaginé en écoutant l'histoire des deux sœurs. Seul au milieu des ruines et des herbes folles, il avait l'air mystérieux, comme s'il avait été jadis témoin d'événements secrets qui s'étaient déroulés dans le cercle de ses murs de pierre. Couvert de lierre, il paraissait très ancien, et j'eus aussitôt envie de le toucher pour mieux sentir ce lieu où Catherine et Laura s'étaient réfugiées. Dans l'air fraîchissant de la nuit, je levai les yeux vers John :

– C'est fantastique, non ?

Perdu, tout comme moi, dans ses réflexions, il se contenta de hocher la tête. Nos deux visages étaient en partie masqués par des capuchons faits de couvertures. Les paysans de Castalia avaient coutume de s'envelopper de la sorte et, dans cette tenue, nous risquions moins d'être remarqués comme étrangers à la communauté si nous croisions des gens. Pour le reste aussi, nos vêtements étaient semblables à ceux du peuple : après notre long périple, tout ce que nous portions était sale, déchiré ; la tunique de John, crasseuse, ma longue jupe couleur de terre, effilochée aux chevilles, et mes vieilles sandales de cuir, usées. Nous avions laissé nos compagnons dans le beffroi, où ils élaboraient un plan pour délivrer Catherine et débarrasser Castalia de Grindall et de ses ogres. Il faisait trop chaud dans la tour, on y étouffait, j'étais bien contente d'en sortir. L'atmosphère du dehors ne valait pourtant pas mieux, alourdie qu'elle était par l'odeur de la Cité des Chiens, si dense qu'on aurait pu la couper au couteau. J'avais hâte d'arriver près du lac pour respirer un air pur et frais.

Armon avait déjà beaucoup réfléchi au moyen d'organiser la lutte contre Grindall. Il nous avait expliqué en détail comment nous rendre sur les quais sans être vus, et comment répondre pour ne pas être repérés si on nous abordait. John et moi portions nos sacoches de cuir sur le dos. Elles étaient encore vides, mais nous espérions revenir au beffroi avec autant de viande que nous pourrions y entasser.

– Le boucher, il rentre trois ou quatre cochons chaque matin, dit Piggott qui marchait devant.

Il nous accompagnait pour nous conduire au bout de la décharge, où il attendrait notre retour.

– À l'arrière de la boutique, il sale le jambon et fait bouillir les os. C'est là que vous trouverez ce que nous voulons. Les jambons pèsent lourd, mais vous y arriverez. Vous les découperez là-haut dans le beffroi.

Nous le suivîmes jusqu'à la lisière des ruines et des tas d'ordures. Devant nous s'étendait un champ ouvert au-delà duquel on apercevait le miroitement du lac, vaste étendue noire ponctuée par les reflets lumineux de la lune et des étoiles.

– Traversez le champ, puis longez le lac, et vous atteindrez les docks.

Piggott s'interrompit, se gratta vigoureusement la tête et reprit :

– Les géants ne patrouillent pas dans cette zone. Seuls des humains y font des rondes. Ils ne recherchent pas d'intrus puisque personne ne vient jamais ici. Ils veillent surtout à ce que les habitants ne s'échappent pas, mais c'est si rare que les gardes passent leurs nuits à dormir ou à jouer. Soyez prudents, et vous entrerez dans le port sans souci. En sortir risque d'être plus difficile. Restez discrets, ne faites pas de bruit, et vous passerez.

Avant notre départ, Armon avait pris soin de nous prévenir que, la nuit, peu de gens circulaient sur les quais. Nous y verrions peut-être quelques gardes, un ou deux ogres, des lavandières vidant des eaux sales ou des hommes charriant des ordures. Les rues seraient quasi désertes jusqu'au matin.

John s'aventura le premier à découvert. Hésitante, je lui emboîtai le pas. À cette minute, j'aurais préféré ne pas quitter l'abri sûr de l'immonde Cité des Chiens. Le lac n'était pas bien loin. À mesure que nous en approchions, l'air fraîchissait dans la nuit sereine. Le doux clapotement de l'eau qui léchait les rochers apaisait mes nerfs à vif et, l'espace d'un instant, je me revis chez moi, à mon bureau, où, malgré l'ennui, j'étais heureuse et en sécurité.

Nous marchions d'un bon pas le long de la berge, en direction de la ville proche d'où émanait une pâle lumière. Des voix me parvenaient, et je me demandais qui nous croiserions, ce que faisaient ces gens dehors. Deux hommes, sans doute des gardes, portant chacun une torche, venaient en sens inverse. John me prit la main et m'entraîna dans le champ, où nous attendîmes, plaqués contre le sol dans les broussailles, immobiles et silencieux. Bavardant tranquillement, les hommes avancèrent encore un peu, puis ils firent demi-tour avant même de nous avoir rejoints.

Sitôt debout, nous les suivîmes à bonne distance, puis ils tournèrent un coin et disparurent. Nous avions atteint le quai et les premières maisons. Il était presque onze heures du soir. Comme Armon nous l'avait dit, les rues pavées étaient désertes.

Malgré l'obscurité, la misère et la saleté sautaient aux yeux. De taille modeste, maisons et bâtiments étaient de simples constructions de bois et de pierre chaulée, sans charme ni caractère, aux façades souvent lézardées, aux coins qui s'effritaient. Faites de petits pavés, plus petits que ceux de chez moi, les rues étaient boueuses après les pluies récentes. Un muret haut de trois pieds bordait le quai le long du lac avec, tous les vingt pas, une ouverture permettant de descendre sur la berge.

– Maintenant, qu'est-ce qu'on fait ? demandai-je à John.

Il me fit signe d'avancer, et nous continuâmes jusqu'à la première ouverture pour passer de l'autre côté et marcher en silence au bord de l'eau, dans les cailloux, les galets, les touffes d'herbe, mais à l'abri des regards, cachés par le muret. Nous aperçûmes un groupe de gardes qui jouaient aux dés, un homme qui poussait une charrette bruyante sur les pavés. Le long de la rue, des lampes éclairaient la nuit tandis que, dans l'ombre relative des berges, nous avancions sans être remarqués.

Au bout d'un moment, nous vîmes quatre femmes derrière le mur. Elles lavaient des vêtements en bavardant à voix basse. L'une d'elles passa par l'ouverture pour aller jeter de l'eau sale dans le lac, puis y remplir son seau de bois. Comme les autres, elle portait un bonnet bleu et, quand elle se retourna pour remonter, je distinguai sur ses traits cette même expression qu'avait la femme entrevue plus tôt sur le sentier menant à la Cité des Chiens. Elle semblait triste et lasse, elle avait des gestes de somnambule.

Elle rejoignit ses compagnes, et les quatre femmes poursuivirent leur tâche accompagnée par le calme murmure de leur conversation. Il nous faudrait gagner la chaussée et passer près d'elles pour nous rendre à la boucherie. Nous rebroussâmes chemin pour quitter l'abri du muret à un endroit moins éclairé, puis, le visage couvert par nos capuches, les yeux baissés, nous nous dirigeâmes vers les femmes en bonnet bleu. J'entendis le roulement d'une charrette dans une rue voisine, la voix gutturale d'un ogre quelque part derrière nous. Elle venait d'assez loin et la surface du lac en renvoyait l'écho, de sorte que je ne parvenais pas en situer l'origine. Pressant le pas, nous approchions des femmes ; les claquements du linge mouillé contre les pierres savonneuses et l'odeur blanche, piquante, de la lessive flottaient dans l'air.

Marchant auprès de John, j'écoutais ces rumeurs quand les femmes cessèrent de travailler. Dans la rue devenue silencieuse, nous passâmes devant elles. Les yeux baissés, je regardais les petits pavés défiler sous mes pieds.

– Vous ne devriez pas être dehors à cette heure-ci, dit alors une voix douce mais ferme. On vous a chargés de quelque corvée ?

Levant les yeux, je vis que c'était la femme de la forêt, la femme taciturne de la carriole dont le visage m'avait frappé. Quel hasard avait voulu que je la croise deux fois en si peu de temps ? Se pouvait-il qu'Elyon tire les ficelles depuis la Dixième Cité et déplace les gens pour qu'ils se rencontrent ainsi ? D'instinct, je portai une main à la bourse de cuir qui contenait ma Jocaste, puis je m'arrêtai, alors même que John me pressait d'avancer.

Depuis toujours, j'étais entourée d'hommes, et, en dehors d'Odessa qui ne parlait pas beaucoup, le voyage à Castalia ne faisait pas exception à la règle. Cela ne me dérangeait pas, je vivais dans un monde d'hommes, j'acceptais cette réalité et me réjouissais même d'y occuper une place unique. Pourtant, quelque chose dans le visage de cette femme, dans sa voix, retint mon attention. Je la comprenais comme John ne pouvait la comprendre. Je percevais derrière ses questions un secret espoir que nous ne soyons pas de simples paysans errant par les rues dans la nuit.

– Vous travaillez bien tard, ce soir, remarquai-je.

Sans avoir à me retourner face à elle, je tenais à ce qu'elle sache que j'étais une fillette.

– Nous avons de la lessive en retard, alors, nous travaillons, répondit-elle tandis que ses compagnes chuchotaient.

Elle s'exprimait d'un ton calme, mesuré, comme si elle limitait ses paroles au strict nécessaire.

– C'est ainsi qu'il en va à Castalia. Je ne t'apprends rien.

Elle me sondait, voulait en savoir davantage. De nouveau, John tirait sur ma tunique. Cette fois, j'écartai doucement sa main, puis je redressai la tête, regardai les quatre femmes en face et rejetai ma capuche sur mes épaules.

– Nous ne sommes pas d'ici, déclarai-je.

Les mots avaient à peine franchi mes lèvres que j'en eus des sueurs froides. Dans le silence qui suivit, je tendis le bras et effleurai celui de la plus proche des femmes.

– Nous sommes venus vous secourir.

Voilà. C'était dit. Les risques que nous avions pris étaient dans la balance avec tous nos espoirs. Les femmes pouvaient appeler à l'aide, et nous serions emmenés captifs dans le donjon de Grindall pour y être torturés. Notre cause serait perdue. Abaddon récupérerait les pierres, et Elyon serait vaincu.

L'ogre se rapprochait, on l'entendait tousser et cracher dans une rue transversale, ses énormes pieds martelaient le sol au rythme de ses pas.

– L'ennemi arrive, qu'allez-vous faire ? demandai-je.

Pensive, la femme examina ses compagnes. Elle semblait réfléchir, tentait de décider si l'une d'elles nous trahirait. John tirait sur ma manche, m'entraînait malgré moi.

– Rassemblez vos affaires et rentrez chez vous, ordonna alors la femme.

Les trois autres sourirent et s'activèrent aussitôt. La femme me tendit la main. Je consultai John du regard. Après un temps d'hésitation, il acquiesça de la tête. Dès que j'eus pris la main offerte, nous partîmes tous les trois en courant. Nous traversâmes la rue pour disparaître dans un dédale de ruelles étroites, tournant d'un côté, puis de l'autre. Notre compagne se taisait, mais ce n'était plus la femme silencieuse que j'avais vue dans la forêt, ou encore sur le quai, occupée à faire sa lessive. Elle était comme dynamisée, vive, énergique et décidée.

Après bien des détours, elle s'arrêta soudain à l'angle d'une rue, jeta un coup d'œil de l'autre côté, puis serra ma main et me murmura à l'oreille :

– N'aie pas peur, regarde.

À quarante coudées de nous se dressait un haut mur de pierre, avec une lourde grille de métal.

Devant la grille se tenaient deux ogres armés d'épées immenses. Derrière s'étendait une allée sombre et, au-delà de celle-ci, une série de torches montait à l'assaut de l'obscurité. Une flèche unique se détachait dans la nuit, ombre sinistre qui s'élevait parmi les étoiles et menaçait d'envahir le ciel.

– C'est la Tour Ténébreuse, me souffla la femme. Le château de Grindall.

– Pourquoi nous avoir conduits ici ? m'enquis-je, inquiète de voir l'ennemi si proche.

Elle serra ma main plus fort. Une poussée, et c'en serait fini, je serais à découvert, sans défense.

Lorsqu'elle se retourna vers nous, sa beauté d'autrefois m'apparut malgré la pénombre. Bien qu'usée et vieillie par la pauvreté, elle avait un visage parfait, et les larmes dans ses yeux me donnaient plus que jamais envie de la délivrer.

– C'est un homme mauvais, gouverné par des forces maléfiques, chuchota-t-elle d'une voix tremblante d'émotion. Nous ignorons ce qu'ils font dans la Tour Ténébreuse, mais assurément pas le bien.

Elle s'interrompit pour jeter un nouveau coup d'œil de l'autre côté de la rue, puis reporta son attention sur nous.

– Les géants deviennent plus hargneux et plus violents de jour en jour. La maladie les ronge, les pourrit. Et Grindall brûle d'impatience d'obtenir ce qu'il cherche. Il en est consumé.

Je la regardai droit dans les yeux et déclarai d'un ton qui me surprit moi-même par sa fermeté rassurante :

– Je sais ce qu'il recherche ; je sais aussi pourquoi.

La peur d'en révéler trop m'avait quittée.

– Moi aussi, répondit la femme avec un clin d'œil.

Puis elle me sourit timidement. Devant l'espoir qui éclairait ses traits, je ne pus m'empêcher de lui rendre son sourire.

– Nous devrions partir, intervint John.

La main sur la poignée de l'épée qu'il tenait cachée jusque-là, il surveillait les alentours, guettant l'approche d'éventuels ennuis.

La femme me fit pivoter et, de nouveau, nous filâmes le long des rues en direction de l'eau. Sans cesser de courir, je lui donnai mon nom et celui de John ; elle nous apprit qu'elle s'appelait Margaret. J'aurais été bien en peine de dire si nous suivions le même chemin qu'à l'aller ou un autre – les étroites ruelles et les passages tournicotaient dans tous les sens et, partout, les façades me semblaient familières. Mais il est vrai que dans cet assemblage de taudis identiques, lorsqu'on avait vu une maison, on les avait toutes vues.

Nous arrivâmes devant une entrée avec un heurtoir en forme de fer à cheval. Margaret le souleva et cogna par trois fois. Le bruit sourd du métal contre le bois épais résonna dans la rue. Quelques instants plus tard, le battant s'entrouvrit en grinçant. Nous nous glissâmes à l'intérieur, la porte fut aussitôt refermée, et barricadée par une planche.

XVIII
Balmoral

Un feu brûlait dans l'âtre. Quelques chandelles – deux sur la grande table, une troisième qui gouttait sur un tas de bois dans un coin – apportaient un modeste supplément de lumière dans la petite pièce sombre. Assise sur le sol, une fillette jouait avec des épluchures d'oignon tombées des genoux de sa mère. L'enfant déchirait avec soin les fines pelures pour en faire des poupées, des vêtements pour les habiller. Sa mère et elle s'interrompirent dans leurs occupations pour nous dévisager ; la petite s'agrippa à la jambe de sa mère qui nous fixait, bouche bée.

Il y avait aussi un homme, maigre, avec une barbe noire hirsute. Il se tenait près du feu, le tisonnier à la main. C'est lui qui nous avait ouvert la porte, puis il s'était tourné vers Margaret, incrédule, stupéfait qu'elle nous ait ramenés. Il avait de gros yeux, le teint cireux, le crâne surmonté d'une épaisse tignasse noire.

À notre droite, je reconnus les trois femmes que nous avions vues au bord du lac. L'une lavait un plat brun dans un baquet en bois, une autre plumait une petite volaille, et la troisième suspendait la lessive à un fil de fer sur le côté de la cheminée. Une lourde table rectangulaire, noircie par l'âge, occupait le centre de la pièce ; dessus s'entassaient pêle-mêle des racines, des pommes de terre, des écuelles et des cruches. Deux longs bancs de bois massif bordaient la table, et Margaret, devenue très pâle, nous fit signe de nous installer sur l'un d'eux. Elle alla ensuite rejoindre l'homme, et tous deux discutèrent à voix basse pendant que les autres feignaient de reprendre leurs tâches.

– J'aime bien tes poupées, dis-je à la fillette, qui me semblait d'un abord plus facile malgré la présence de sa mère. Je n'aurais pas eu l'idée de les fabriquer comme ça. Tu dois être une petite fille très intelligente.

Elle me sourit, radieuse, leva les yeux vers sa mère, comme pour lui demander : « Elle est gentille, je peux jouer avec elle ? » Avant que la réponse ne vienne, l'homme quitta le coin du feu et s'avança, puis nous examina d'un air soupçonneux :

– Je m'appelle Balmoral. Vous êtes ici chez moi.

D'un geste large, il balaya la pièce avant d'ajouter :

– Tous les jours ou presque, Grindall nous oblige à travailler après la tombée de la nuit, de sorte que nous dînons tard. Vous êtes les bienvenus, restez le temps que vous voudrez et, si vous n'avez pas mangé, la soupe de pie aux oignons sera prête d'ici une heure.

Plaçant une main sur le côté de sa bouche, il se pencha vers nous et murmura :

– En fait, ce sont surtout des oignons et de l'eau, mais vous trouverez ici et là une bouchée de viande à grignoter si vous êtes dans les premiers servis.

Après quoi il sourit légèrement. Je compris que c'était un homme accueillant dans son genre, qu'il se réjouissait de cette compagnie inattendue, et qu'il était curieux d'en savoir davantage sur les raisons de notre visite.

– Enid, tu vas sortir avec ta bassine à lessive, et faire un saut jusqu'au lac pour t'assurer que personne n'a vu ces deux-là entrer chez nous.

L'une des trois jeunes femmes traversa la pièce pour prendre un vieux seau de bois. Margaret ôta la planche qui barrait la porte et l'ouvrit. Dès qu'Enid fut dehors, elle referma le battant et le bloqua en calant la planche dans les pattes de métal.

Lorsque nous fûmes de nouveau barricadés à l'intérieur, je me mis à penser au bouillon de pie. Entre cette évocation et les odeurs mêlées des oignons et des gens, je me couvris la bouche et baissai la tête. Partout, l'air était lourd et sentait mauvais. J'aurais aimé retourner au bord de l'eau pour respirer.

– Je sais, je sais. Les oignons sont un peu avancés. Mais pas autant que nous autres, n'est-ce pas ?

Balmoral éclata de rire ; je m'aperçus alors qu'il lui manquait une dent de devant. Les femmes semblaient le trouver drôle et se joignirent à lui. Bientôt, je riais, moi aussi. Même John, que notre situation inquiétait toujours, manifesta un vague amusement en souriant à tous.

– Vous verrez, nous sommes joyeux ici, le soir venu, reprit Balmoral en essuyant une larme à son œil tandis que son rire s'éteignait dans un gloussement étranglé. Nous n'avons pas grand-chose à espérer de la vie, mais après le coucher du soleil nous sommes entre nous et nous nous tenons chaud, tous ensemble. Nous faisons au mieux sous le règne de Grindall.

Il regagna la cheminée, remua le feu avec son tisonnier. Des étincelles fusèrent, éclairant la pièce pendant quelques instants, puis Balmoral trempa le doigt dans le chaudron noir suspendu au-dessus des flammes, et le retira prestement :

– Je crois que c'est à point pour mettre les oignons.

Il s'essuya la main sur la manche marron de sa tunique, regarda avec tendresse la femme occupée à l'épluchage :

– Elle, c'est Mary, mon épouse.

Puis il nous apprit que la fillette qui confectionnait des poupées avec des pelures d'oignon était sa fille, Julia. Margaret était sa sœur, plus jeune que lui de deux ans. Les autres s'appelaient Gwen, Rose, et bien sûr Enid qui était sortie. Lorsqu'il les eut présentées, il ajouta :

– Elles sont veuves, ces trois-là.

Il s'inclina avec respect, se redressa et reporta son attention sur Rose et Gwen :

– Une terrible épidémie a sévi ici l'an dernier, emportant une personne sur dix.

Pendant quelques instants, Balmoral parut abattu ; à l'évidence, il regrettait ses amis morts de la maladie. Mais sa nostalgie ne dura pas, et il retrouva bientôt sa bonne humeur :

– Eh bien, si ce que m'a raconté Margaret est vrai, nous avons beaucoup à nous dire, hein ?

Derrière lui, Mary versa les oignons dans la marmite, où ils tombèrent avec un plop mouillé.

L'heure suivante passa vite tandis que John et moi relations aux Castaliens ce que nous savions, en commençant par l'histoire de Warvold et le récit de notre voyage, puis les légendes concernant Elyon et Abaddon, et, pour finir, nos plans pour délivrer Renny et renverser Grindall. Pendant que nous parlions, Balmoral buvait de la bière près du feu, prenant de temps en temps une louche en bois pour goûter la soupe. Plein d'entrain et curieux, il nous interrogeait : « Alors, vous les appelez des ogres ? », « Vous dites que son nom est Warvold ? », « Vous possédez une pierre, une de ces pierres magiques ? » Et il nous bombarda de questions en attendant que le repas soit cuit.

Enfin, Balmoral décrocha la grosse marmite noire suspendue au-dessus du feu pour la poser à ses pieds sur le sol de pierre.

– Le problème, c'est que les géants – les ogres –, eh bien, ils n'étaient pas si mauvais que ça avant que… Je suppose que vous les avez vus, non ?

Il jeta un regard autour de la pièce. John lui révéla alors un dernier détail essentiel, à savoir que nous avions avec nous le seul géant rescapé, un géant qui n'était pas sous l'emprise d'Abaddon, qui se battrait jusqu'à la mort pour libérer Castalia.

Ce renseignement retint l'attention de Balmoral. Tout en remplissant les écuelles de soupe fumante, il leva les yeux sur John avec un sérieux qui me surprit.

– Alors, c'est vrai, dit-il, un bol à moitié plein dans la main. La légende se concrétise ici ce soir.

La lumière vacillante des flammes dansait dans le blanc de ses yeux énormes enfoncés dans leurs orbites tandis qu'il fixait le feu, perdu dans ses pensées, que le bouillon clair dégoulinait de la grosse louche de bois dans la marmite. Puis il sortit de sa méditation, et se remit à remplir les bols.

Nous nous assemblâmes autour de la table, la petite Julia s'arrangeant pour trouver une place près de moi. Je fus alors surprise de les entendre offrir une prière à Elyon, levant les mains pour le remercier et demander qu'il revienne. Ils ne l'imploraient pas de leur rendre la liberté, ne se plaignaient pas de leur sort ; au contraire, ils lui exprimaient leur reconnaissance pour un simple bol de bouillon de pie. La prière terminée, ils mangèrent lentement et burent leur bière en souriant souvent. Je chatouillai les côtes de Julia, qui sursauta en riant, puis posa la tête sur mon épaule. Alors, tout en jouant à la grande sœur avec elle, je me risquai à poser une question aux Castaliens :

– Vous croyez qu'Elyon existe pour de bon ?

Balmoral s'apprêtait à répondre quand Margaret lui effleura le bras pour nous faire part de ses propres réflexions :

– Des milliers de gens ont souffert et sont morts pour construire ce château de monstres.

Elle s'essuya la bouche avec son tablier et poursuivit de la même voix tremblante :

– Nous sommes environnés par le mal depuis très longtemps, et personne ne nous est venu en aide.

Pourtant, à sa manière, ce mal nous apporte un certain réconfort, comme si sa seule présence prouvait que les récits d'autrefois qui nous sont parvenus ne mentent pas. Elyon est parmi nous, tout proche, il attend dans l'ombre que la cruauté s'épuise. Alors, il viendra nous chercher.

Émue par cette réponse, je n'étais cependant pas satisfaite :

– Oui... mais comment savez-vous qu'il reviendra ? Il est parti depuis bien longtemps, assez pour que, là où j'habite, beaucoup de gens ne se souviennent plus de lui.

Margaret souleva sa cuillère pleine de bouillon et la renversa, le clair liquide gouttant dans son bol.

– D'où vient l'eau ? Qui a fait l'air que je respire ? J'ignore comment ces choses sont apparues, et pourtant je suis vivante.

Elle s'interrompit, réfléchit avant de continuer :

– Le mal règne sur mon peuple, les géants deviennent des monstres, comme le prédisent les vieilles légendes. Et toi, tu es arrivée, portant au cou la dernière des pierres, comme dans ces mêmes légendes. D'où viennent-elles, toutes ces histoires ? Ou ce sont des ruses d'Abaddon, ou bien elles sont véridiques. L'heure de la défaite d'Abaddon et du retour d'Elyon a sonné.

– On peut les tuer, vous savez, intervint Balmoral en claquant des lèvres entre deux gorgées de soupe.

Je le regardai sans comprendre.

– Les ogres, précisa-t-il. On peut les tuer.

Il avala à grand bruit une grosse goulée de bouillon, leva sa pinte de métal et but une lampée de bière.

– Suffit de mettre la lame au bon endroit. Le seul problème, c'est que l'endroit en question est un peu difficile à atteindre vu que c'est le haut de leur crâne.

À mon tour, je pris une cuillerée de soupe et la trouvai moins mauvaise que je ne le craignais. Mary y avait ajouté des fleurs sauvages, de la racine de cyprès et du gingembre. Je me surpris à apprécier la saveur piquante des oignons malgré les rares morceaux de pie coriaces.

– Ils portent des cottes de mailles sous leurs sinistres vêtements noirs, des plaques de métal aux épaules, aux jambes et au cou, poursuivit Balmoral. Ils ont aussi des casques. Seulement, leurs misérables têtes sont si couvertes de plaies et de croûtes qu'ils ne supportent pas de les mettre. Un jour, j'ai vu un ogre de près, il se trempait le crâne dans un tonneau plein d'eau. Eh bien, je vais vous dire, c'est une horreur. Le pire des dégâts est là-haut, le sommet de leur crâne n'est qu'une plaie, ils souffrent et ça les rend fous de rage.

Toujours aussi bruyant, il engloutit encore trois grosses cuillerées de soupe, puis leva le nez de son bol pour s'apercevoir que nous le dévisagions. Ses drôles d'yeux globuleux allèrent de droite à gauche tandis qu'une goutte de liquide dégoulinait jusqu'à sa barbe.

– Oh, ça oui, je crois bien qu'un bon coup de lame sur le haut du crâne ferait l'affaire. J'en suis même presque sûr.

Et, sentant qu'il tenait son public, il ajouta :

– Si ça vous intéresse, j'ai une idée qui permettra de clarifier un peu la situation.

Comme personne n'avait d'objection, Balmoral contempla son bol bien entamé d'un air de regret, posa sa cuillère sur la table et s'essuya la bouche sur sa manche déchirée :

– Ce qu'il ne faut surtout pas oublier, c'est l'ordre dans lequel les choses ont été créées.

Il avait à peine commencé que j'étais déjà perdue, et il s'en rendit compte. Après avoir passé la main sur sa face barbue, il recommença :

– Si Elyon a créé toute chose, il doit avoir des connaissances que personne d'autre ne possède. Nous ne sommes arrivés que très tard, bien après les Séraphins, les géants, et la Terre d'Elyon. De sorte qu'Elyon en sait davantage sur nous autres que nous n'en savons nous-mêmes. Mais cela n'est-il pas vrai aussi de toutes ses créations et créatures, en particulier les premières ?

Balmoral m'apparaissait soudain plus sage que je ne l'avais imaginé en le voyant.

– Du côté d'Abaddon, nous avons Grindall et les ogres ; ce sont des êtres mauvais, ils incarnent la rage, la méchanceté et la fourberie. Quant à nous, nous avons choisi l'autre camp, pris parti pour Elyon qui nous guide, Elyon qui est juste, sage et bon.

Balmoral lorgna une fois de plus sur son bol et, cédant à la faim, le porta à sa bouche pour engloutir ce qui lui restait de soupe sans s'embarrasser de la cuillère.

– Aahhh ! C'est mieux de parler l'estomac plein, non ?

Il empoigna sa chope, avala une grande goulée de bière, puis rota vigoureusement avant de reprendre le fil de son discours :

– De la place que nous occupons, nous avons l'impression que Grindall et ses ogres sont invincibles. Nous pensons que s'attaquer à un ennemi aussi monstrueux serait d'une folle témérité. Maintenant, si vous le voulez bien, je vais revenir à mon point de départ et à ma déclaration d'origine pour vous montrer pourquoi les choses ne sont peut-être pas tout à fait ce qu'elles paraissent.

Il marqua une pause, jeta un coup d'œil autour de la pièce tandis que Julia pressait ma main et se rapprochait de mes genoux.

– Ce qu'il ne faut surtout pas oublier, c'est l'ordre dans lequel les choses ont été créées, répéta-t-il. Car, voyez-vous, Elyon n'a pas créé que la Terre d'Elyon et les gens comme vous et moi. Il y a bien longtemps, il a aussi créé Abaddon, et qui peut dire si, en le créant, il n'a pas fait une chose inattendue ?

Balmoral baissa la voix pour continuer dans un murmure :

– De la même manière que vous ou moi pourrions prendre un morceau d'argile pour le façonner en un personnage, Elyon a fait d'Abaddon le plus brillant des Séraphins, un ami capable de l'aider. Si Elyon a agi selon la sagesse et planifié à l'avance – il me faut bien supposer que oui –, alors, il se peut qu'il ait pris ses dispositions pour le cas où, par quelque hasard, les choses tourneraient mal, n'est-ce pas ? Le cas où, par exemple, ce grand ami de jadis le trahirait.

Balmoral se leva de son siège pour se planter devant la cheminée, la lumière dansant autour de sa silhouette. Il prit une vieille pipe usée sur le manteau noirci, l'alluma avec un tison puis, pensif, il contempla la pièce en soufflant la fumée en l'air.

– Nous voici donc là, reprit-il, nez à nez avec Grindall et une armée de géants brutaux prêts à nous écrabouiller la cervelle. Pourtant, il y a peut-être encore de l'espoir. Et si Elyon avait mis en place un piège qui se déclencherait seulement si Abaddon se retournait contre lui ? Je crois que c'est ce qui s'est passé, et que cela nous donne l'avantage prévu par lui dès le départ.

Nous nous taisions, fascinés par ses paroles. Malgré sa dent en moins et ses vêtements de paysan qui sentaient la sueur, Balmoral était un sage débordant d'idées comme d'enthousiasme.

– Quand Abaddon a lâché l'Essaim Noir contre les géants, il était comme fou, possédé par la colère, et, dans sa cruauté, il a rassemblé tout le mal dont il disposait pour l'introduire dans les créatures les plus puissantes qu'il ait trouvées. Les géants étaient bons à l'origine, mais à présent ils sont sous l'emprise d'Abaddon, il n'y a plus en eux que haine, méchanceté et rage aveugle.

Arrivé au terme de son récit, il en précipita la fin de sa place près du feu :

– Aahhh, seulement voilà, le piège se referme ! Les géants ne peuvent contenir tout ce mal sans qu'il déborde. C'est là trop de noirceur, même pour leurs grands corps, alors, ils sont couverts de plaies, en particulier à la tête, car le mal danse dans leur cervelle comme les flammes d'un incendie.

« Personne ne connaît la fin de l'histoire – elle n'a pas été révélée, ni à nous, ni à Abaddon. Nous sommes à la frontière de ce qu'était notre monde et de ce qu'il va devenir. Si nous ne parvenons pas à vaincre Grindall et les ogres ici et maintenant, Abaddon répandra son mal à travers le pays, telle une épidémie, il contaminera tout sur son passage. Il a un but très simple : détruire l'humanité et chasser Elyon de la Dixième Cité. Alors seulement, l'œuvre d'Abaddon s'accomplira. »

– Vous parlez comme un homme que j'ai connu, un homme plein de sagesse, dis-je.

Lorsqu'il raisonnait ainsi, Balmoral me faisait penser à Warvold.

– Je crois qu'Abaddon est tombé dans le piège, un piège qui rend sa puissante armée vulnérable à une attaque. Avec un peu de stratégie, nous pouvons battre tous les ogres, à l'exception des dix qui gardent la Tour Ténébreuse. J'ai bien peur que ceux-là posent un léger problème.

– Ils seraient donc quatre-vingt-huit à l'extérieur du château, et dix à l'intérieur ? demanda John.

Il y eut un long silence, puis Margaret lui répondit :

– Exact. Et nous savons où se trouve la majeure partie des quatre-vingt-huit ogres quelle que soit l'heure. Ils sont répartis en deux équipes qui se relaient à l'aube et au crépuscule. En général, ils sont quarante-quatre à patrouiller de nuit, et quarante-quatre de jour. Quinze le long de la vallée des Épines, dix dans la forêt et trois sur les falaises qui bordent la mer ; dix autres effectuent des rondes sur le quai, il y en a encore deux devant la grille à l'entrée du château, et quatre au pied de la tour.

– Et les géants qui dorment, où sont-ils ? s'enquit John.

– Dans une caserne située près de la Tour Ténébreuse, au bord du lac, dit Margaret. Ce doit être un endroit épouvantable. J'imagine d'ici la puanteur, une véritable abomination.

– Nous avons omis de mentionner un détail, intervint Balmoral.

Il se retourna, saisit une pierre sur le manteau de la cheminée, l'ôta comme un couvercle et plongea la main dans une cavité. Lorsqu'il l'en ressortit, il tenait une sorte de petite épée longue d'environ un pied, avec une garde de bois rudimentaire.

– Ceci est l'une des rares lames de combat que l'on puisse trouver parmi les Castaliens. Grindall n'aime pas beaucoup voir des armes, quelles qu'elles soient, entre les mains des paysans, et il s'est assuré que nous n'en aurions pas. Nous n'avons pas d'armures, pas de casques, juste quelques épées, et pas un seul arc ni même une flèche. Nous avons caché le peu que nous possédons, et je doute que notre arsenal excède une douzaine de lames misérables.

Balmoral déclara qu'il était possible de mettre rapidement la main sur des outils pouvant servir d'armes, par exemple des haches ou des petits couteaux employés sur les quais pour différentes tâches. Mais leur nombre demeurait insuffisant, nous manquions d'armures et de boucliers. Nous étions presque sans équipement, face à des ennemis furieux, deux fois plus grands qu'un homme adulte. Le handicap semblait insurmontable, la situation, désespérée.

Soudain on frappa à la porte à coups précipités. Après avoir regardé par le judas, Margaret, qui était la plus proche de l'entrée, ôta la planche. À notre grande surprise, Enid se rua à l'intérieur, repoussant aussitôt le battant derrière elle. Ses mains tremblaient si fort que la planche lui échappa, Margaret dut l'aider à la remettre en place pour bloquer l'accès.

Haletante, Enid se retourna alors vers nous et bredouilla :

– Quelqu'un les a vus ! Les géants vont de maison en maison, ils cherchent les intrus !

XIX
L'ogre

Il y eut un bref moment de stupeur, pendant lequel nous nous interrogeâmes du regard ; seuls les légers crépitements du feu troublaient le silence. Puis un terrible fracas retentit, on cognait à la porte. Julia blottit sa tête au creux de mon coude, je la serrai contre moi.

– L'ogre ! souffla Balmoral.

Laissant tomber sa pipe sur-le-champ, il se précipita pour attraper sa fille et la mettre dans les bras de sa mère.

– Au fond de la pièce, vous autres ! Et couvrez les yeux de cette malheureuse enfant, ordonna-t-il.

Toutes les femmes obéirent, sauf moi. Je me levai de table et pris place près de John au centre de la pièce. On cogna de nouveau, avec tant de violence que le choc ébranla les murs, soulevant une gerbe d'étincelles dans la cheminée.

– Margaret, vite ! reprit Balmoral. Débloque la porte et file rejoindre les autres au fond. Je vais monter sur le toit pour voir si j'arrive à l'atteindre de là-haut.

Avant que quiconque puisse l'en empêcher, il avait gagné un coin sombre, gravi une échelle de fortune, soulevé une trappe et disparu.

Margaret avait si peur qu'elle était incapable d'articuler deux mots. Lentement, elle s'avança vers la porte, mais, quand on cogna une fois de plus, si fort que le battant faillit sortir de ses gonds, elle alla se terrer avec ses compagnes contre le mur du fond. Je me tournai vers John et demandai :

– Vous voulez que j'ouvre ?

Je pris en tremblant le tisonnier, puis me dirigeai vers l'entrée. Brandissant sa courte épée devant lui, John approuva d'un hochement de tête. J'eus bientôt dégagé la planche. À l'instant, sur un dernier coup de boutoir, le battant s'ouvrit à la volée, et j'allai m'étaler à quelques pas de là, propulsée par le bras massif de l'ogre.

Il était gigantesque, horrible. L'exiguïté de la maison accentuait encore son aspect monstrueux – son énorme tête enflée, ses épaules voûtées, l'odeur abominable de son corps en décomposition. Les femmes hurlèrent quand il entra en titubant. Il tourna sur lui-même avec un grognement et me fit face. Un épais liquide vert et rouge suintait de sa lèvre inférieure. John sauta sur la table, l'arme au poing pour me protéger. Quand la brute reporta son attention sur lui, je rampai entre ses jambes aussi grosses que des troncs d'arbre pour me mettre à l'abri.

Perché sur la table, John était presque à sa hauteur. L'ogre dégaina son épée pour en menacer mon compagnon qui, en comparaison, semblait armé d'un misérable couteau à beurre. De l'endroit où j'étais tapie, je compris qu'il n'avait aucune chance.

– Va-t'en, Alexa ! Emmène les femmes et la fillette. Fuyez pendant qu'il s'intéresse à moi !

Conscient qu'il n'en réchapperait pas, il faisait preuve d'une grande bravoure. John était mon ami, mon protecteur, l'idée de le perdre m'était insupportable.

C'est alors que, dehors, un rugissement guttural déchira la nuit :

– Aaaaaarrggghhh !

Mes derniers espoirs s'évanouirent, je m'attendais à voir d'autres ogres entrer dans la maison. Les doigts crispés sur ma Jocaste, je murmurai une supplique : « Où es-tu, Elyon ? Tu veux bien nous aider ? »

L'ogre se détourna de John. D'un pas, il fut à la porte. Bondissant de la table, John s'élança pour l'attaquer par derrière. Il y eut un *clang* retentissant quand sa lame frappa l'armure. Glacée d'effroi, tétanisée, je me rencognai dans l'ombre et regardai l'ogre se retourner et s'avancer vers mon ami.

– Fuis, Alexa ! Il faut que tu t'échappes ! s'écria John.

L'ogre lui décocha un coup – non pas de son épée, mais avec sa grosse patte. Sous mes yeux horrifiés, John fut projeté contre le mur avec une violence terrible. Son corps s'affaissa, inerte, sur le sol.

L'ogre se retourna vers nous et renifla l'air, à croire qu'il sentait ce qu'il cherchait. Son regard tomba sur la bourse de cuir à mon cou.

– Aaaaaarrggghhh !

Un nouveau rugissement avait retenti dehors, plus atroce encore que le premier. Je crus que ma vie et mon aventure s'achèveraient là, que j'allais finir déchiquetée par deux monstres dans une masure de paysans.

Le bruit attira l'attention de l'ogre qui revint à la porte et baissa sa tête hideuse pour la passer à l'extérieur. Il regarda d'un côté, de l'autre, glapit soudain de manière épouvantable, et se mit à basculer d'avant en arrière, s'abaissant pour rentrer dans la maison. Là, il pivota face à nous, et nous vîmes le manche en bois grossier d'un épieu planté dans son crâne.

L'ogre vacillait, comme ivre, les yeux exorbités, le regard fou. Son épée lui tomba des mains avec un *bang* sonore. L'un de ses pieds atterrit dans le feu, et des étincelles grimpèrent le long de sa jambe. Puis il buta contre la table et s'affaissa sur les dalles du sol en une masse puante. Balmoral sauta du toit dans l'encadrement de la porte. Content de lui, il entra en s'époussetant et vint se planter devant le corps du géant.

– Vous voyez ? Je vous avais bien dit que ça marcherait, déclara-t-il avec un large sourire.

Je le rejoignis pour examiner l'ogre parfaitement immobile. J'entendais le gargouillement répugnant de ses entrailles, le bruit de la mort qui filtrait dans la pièce. Tout à coup, un de ses longs bras glissa sur le sol, ses doigts tendus agrippèrent ma cheville, me déséquilibrèrent. D'un geste vif et puissant, le monstre me souleva de terre. Je lançai des ruades de ma jambe libre tandis que Balmoral frappait la bête immonde de ses poings nus. L'ogre relâcha sa prise et sa main énorme vint recouvrir ma poitrine pour se refermer sur la bourse de cuir qui abritait ma Jocaste. Balmoral frappait toujours, sans résultat. La brute paraissait morte, inerte à l'exception de cette main qui serrait l'objet convoité.

– Écartez-vous !

C'était John qui s'avançait, l'épée à la main. Il l'abattit sur le bras de l'ogre, une fois, deux fois, trois fois. Ses coups n'avaient pas plus d'effet que sur une épaisseur de vieux cuir. D'où j'étais étendue, j'observais l'ennemi. Il ouvrit brièvement les yeux, vit John qui s'acharnait sur lui. Cette vision sembla ranimer en lui un reste de la rage qui l'habitait. Avec une vivacité surprenante, il lâcha ma Jocaste et leva le bras. J'étais libre, mais le monstre tenait John par le cou et le tirait à terre.

Je m'éloignai à quatre pattes, hurlant à Balmoral de faire quelque chose. Les yeux de John Christopher rencontrèrent alors les miens ; à ma stupéfaction, il me regardait sans peur, avec un léger sourire, aussi serein qu'à l'ordinaire, comme s'il accomplissait la mission pour laquelle il était venu. Puis ses paupières se fermèrent, et le silence se fit, à peine troublé par les pleurs étouffés des femmes et de l'enfant.

Je restai là, bouche bée, incrédule. Balmoral se jeta sur l'épieu planté dans le crâne de l'ogre et l'enfonça encore. Je m'approchai de John ; peu m'importait que l'ogre se ranime ou pas, c'était plus fort que moi. J'effleurai le visage de mon ami et fis la seule chose qui me semblait logique. Je pris dans mes deux mains la bourse attachée à son cou, l'ouvris et en sortis la lumineuse Jocaste bleue. L'ogre ne bougea pas, toute vie l'avait quitté.

Je tenais la pierre bleue dans la pénombre de la pièce en écoutant Julia gémir dans son coin. La Jocaste palpitait toujours, comme un cœur sur le point de s'éteindre. J'allai la donner à l'enfant, la regardai au creux de ses petites paumes. Là, le cœur de la pierre battit encore trois fois – *boum*, *boum*, *boum*. Les derniers rayons de lumière bleutée s'estompèrent, et je compris que John Christopher n'était plus parmi nous.

Il ne restait qu'une seule Jocaste – celle que je portais au cou. Toutes les autres avaient disparu à jamais.

XX
Le secret caché dans le sac d'Armon

L'univers entier se réduisit tout à coup à ce seul fait : John était mort. J'aurais voulu que le temps s'arrête, que tout s'arrête. Je ne désirais qu'une seule chose, rester là à pleurer mon compagnon défunt. Hélas, tout continuait inévitablement. J'étais encore en vie, encore impliquée dans des événements qui n'attendraient pas que mes besoins soient satisfaits. Il était tard, il me fallait rassembler mes affaires et partir.

Balmoral avait rendu visite à son ami le boucher et l'avait convaincu de remplir les deux sacoches de viande. Après avoir entendu les terribles nouvelles de la nuit et appris que nous comptions libérer Castalia, le boucher s'était même donné la peine de découper la viande en portions.

J'embrassai Julia sur le front, la serrai dans mes bras et lui dis de se tenir prête. Je lui promis que, bientôt, tout s'arrangerait. Sur le seuil, Balmoral et Margaret m'appelaient. Je les rejoignis et la porte se referma sur nous. La fraîcheur de l'air nocturne apportait un soulagement bienvenu après la tragique aventure de la maison.

– Tu n'aurais rien pu faire, me rassura Balmoral. Ni toi, ni personne. L'ogre le tenait, nos forces conjuguées n'auraient pas suffi à libérer ton ami.

Il portait l'une des sacoches de viande, et se serait chargé des deux si je n'avais pas insisté pour prendre l'autre.

J'entendais ses paroles sans écouter vraiment ; en esprit, je revenais sans cesse dans cette pièce où j'avais pleuré près de John, ôté la terrible main morte de sa gorge pour lui faire mes adieux de mon mieux. Nous le ramènerions à Bridewell, bien sûr, mais, pour le moment, je devais m'en aller.

– Quelque chose a changé, murmurai-je.

Margaret me prit la main et tenta de me réconforter en m'assurant que, oui, la vie allait changer, que la mort de John ne serait pas vaine.

– Je ne parlais pas de cela, repris-je. Je ressens quelque chose de nouveau, quelque chose d'inconnu. Ça a commencé quand la Jocaste de John s'est éteinte.

– Qu'est-ce que tu ressens, petite ? demanda Balmoral.

Après un long silence, je me décidai à prononcer ces mots, dont jamais je n'avais été plus sûre :

– Elyon est là, tout proche. J'ai l'impression qu'il pèse de tout son poids à mon cou.

C'était une sensation étrange, à la fois apaisante et troublante. Il me semblait qu'une présence lointaine s'était soudain rapprochée, une présence merveilleuse, mais dangereuse aussi.

Nous marchâmes un moment sans rien dire, puis nous arrivâmes au bout du quai. Les deux gardes nous avaient vus. Comme sur un signal, ils s'inclinèrent avec respect, saluant Balmoral, et ils nous laissèrent passer sans plus de formalités. Curieuse, je levai les yeux vers Balmoral, qui murmura :

– S'ils travaillent pour Grindall, ce sont d'abord des Castaliens.

Il ponctua sa remarque d'un clin d'œil, et nous reprîmes notre marche silencieuse, jusqu'à atteindre la ligne des arbres où Piggott attendait. Naturellement, il me bombarda de questions – « Qui sont ces gens ? », « Où est John ? », « Qu'est-ce qui vous a retenus si longtemps ? », « Vous avez la viande ? » D'un geste de la main, je l'interrompis et déclarai qu'il aurait ses réponses quand nous serions rentrés au beffroi. Alors que nous pénétrions dans la forêt, Margaret pressa ma main :

– Balmoral va t'accompagner pour rencontrer Armon. Il me faut regagner la maison, aider au nettoyage, que tout soit en ordre avant l'aube. Le jour sera bientôt levé, il nous reste quelques précieuses heures. Au prochain coucher du soleil, nous devons être prêts à frapper si nous tenons à prendre Grindall par surprise.

– Elle a raison, confirma Balmoral. Ou bien nous nous mobilisons pour tenter une attaque demain soir, ou nous risquons de perdre notre avantage. Un ogre est mort, ils s'en apercevront.

Margaret me serra contre elle, et, si je n'avais pas eu une mission à accomplir, je crois que j'aurais pleuré des rivières de larmes entre ses bras. Au lieu de cela, je lui rendis rapidement son étreinte et la quittai à la lisière des bois.

Bientôt, nous arrivâmes au beffroi, où nous fûmes accueillis par Murphy et Yipes. Laissant les deux lourdes sacoches dans la pièce du bas pour que Piggott et Scroggs distribuent la viande, nous montâmes par l'échelle à l'étage supérieur. Sur mon épaule, Murphy couinait question après question.

Baignée de lumière grise, la pièce du dessus enveloppait de ses murs la douce clarté nocturne comme on tient un bol de lait tiède entre ses mains. Dès que j'eus quitté l'échelle pour y pénétrer, je m'affalai dans un coin, totalement épuisée, et pleurai à chaudes larmes sans pouvoir m'arrêter. Mon ami avait disparu pour toujours, l'ampleur de la tâche qui nous attendait m'effrayait, je regrettais ma maison, mon foyer et ses consolations. L'aventure avait pris une dimension nouvelle qui n'avait plus rien de fantaisiste. Un lourd tribut avait été payé et, tout en sanglotant, je sentais qu'avant la fin il nous en coûterait encore. Levant les yeux, je vis autour de moi des visages silencieux et graves ; je m'efforçai de me ressaisir le temps de leur présenter Balmoral et lui laissai le soin de leur faire le récit de la soirée.

– Il faut agir vite. Nous n'avons pas une minute à perdre, commença-t-il.

Après quoi, il leur raconta notre confrontation avec l'un des ogres, le point faible que nous leur avions découvert, et la mort de John. La nouvelle coupa le souffle de Yipes, et Murphy vint sans bruit se rouler en boule sur mes genoux – une attention aussi discrète que délicate. Immobile, Armon ferma les yeux et baissa la tête. Bien campée sur ses pattes, Odessa laissa elle aussi tomber sa tête, si bas que son museau touchait presque le sol.

– C'était un brave, un vrai, reprit Balmoral. Il a lutté courageusement pour protéger des innocents, et, si nous sortons victorieux de la bataille qui nous attend, sa mort restera à jamais dans les mémoires comme le commencement de la fin du règne de Grindall.

Armon se redressa pour regarder Balmoral en face et l'interroger :

– De quels pouvoirs disposez-vous pour rassembler votre peuple ?

– Si Grindall nous autorisait à avoir un chef, je serais ce chef, déclara Balmoral.

J'examinai cet homme simple et frêle avec étonnement. Depuis notre rencontre, j'étais en présence du véritable dirigeant de Castalia, et je l'avais d'abord pris pour un vulgaire paysan brisé à l'imagination fertile.

– Je peux avoir deux cents hommes prêts au combat avant la nuit prochaine. Hélas, nous ne disposons que d'armes rudimentaires – des pierres, quelques douzaines de couteaux, et pas d'armures à proprement parler. Les cinquante gardes castaliens qui travaillent pour Grindall n'ont même pas d'épées. Juste un cor pour donner l'alerte en cas de difficulté ; les ogres arrivent alors au pas de course. C'est un problème dont je n'ai pas la solution.

Armon fixa Balmoral pendant un long moment. Ne pouvant se lever dans la pièce trop basse, il se redressa sur un genou et dit :

– Je doute que ce soit un bien gros problème.

Sur ces mots, il empoigna le sac de cuir qu'il avait porté tout au long de notre voyage, dénoua la corde qui le fermait, et le renversa. Il en tomba une collection impressionnante d'épées ; des cottes de mailles, des boucliers, des arcs et des flèches s'entassèrent sur le sol. Le sac contenait un véritable arsenal. Il devait peser plusieurs centaines de livres, et je m'émerveillai une fois encore de la force surhumaine du géant. Les yeux ronds comme des soucoupes, Balmoral riait d'excitation, touchait les différents objets, les prenait dans ses mains.

– Le moment est venu d'établir une stratégie, déclara Armon.

Il se retourna alors et sauta par la large fenêtre. Quelques instants plus tard, nous entendîmes gémir : soulevé sur une énorme paume, Piggott fut déposé parmi nous. Scroggs suivit le même chemin. Armon nous rejoignit à son tour et déblaya armes et armures pour que nous puissions nous installer en cercle.

Nous étions donc là, tous les huit – Armon, Balmoral, Yipes, Murphy, Odessa, Piggott, Scroggs et moi. Balmoral déplia une carte à laquelle il travaillait depuis des mois et l'étala au beau milieu du cercle. Tracée à l'encre noire sur du parchemin, elle indiquait la position de chacun des ogres.

– Je ne sais ni lire ni écrire, mais j'ai fait ce dessin avec autant de précision que j'ai pu. Je vous l'aurais montré plus tôt, seulement, avec tout ce dérangement, hein...

Il s'interrompit, me coula un bref regard, puis baissa les yeux sur la carte. Songeur, il mit un moment avant de reprendre le fil de son récit. Il défendit cependant son plan d'attaque avec tant d'énergie et de passion qu'il nous communiqua bientôt son enthousiasme. Pour commencer, il détailla par le menu les événements de la soirée en s'attardant sur notre rencontre avec l'ogre et la méthode par laquelle il avait été abattu. Sa description était assez grotesque : il nous expliqua que l'épieu était rentré comme dans du beurre, à croire que le crâne du monstre était fait de coquille d'œuf et non pas d'os.

– Premier point : personne ne doit remarquer que des ogres disparaissent au fil de la journée et de la nuit. Ils s'informent entre eux, pas tellement de secteur à secteur, plutôt à l'intérieur d'un même territoire – au sein de la forêt ou de la vallée des Épines. Ils s'attendent à se croiser à intervalles réguliers. Pour contourner la difficulté, nous procéderons par zone. Les docks et la forêt seront les plus faciles à dégager. Avec les armes qu'Armon nous a fournies, les toits et les arbres nous donneront l'avantage.

« Les gardes qui travaillent pour Grindall sont tous castaliens, et castaliens d'abord. S'ils ne sont pas armés, ils disposent de deux atouts qui nous seront utiles : la mobilité et les signaux d'alerte. Je vous parlerai des signaux dans un instant. Côté mobilité, certains gardes ont été affectés à la surveillance de la forêt, de même que les ogres. D'autres patrouillent sur les docks, d'autres encore, dans la Cité des Chiens. Pour être franc, les rondes dans la Cité des Chiens se font rares ces dernières années ; les chiens sont devenus trop féroces, et la décharge est invivable. Tout comme les humains, les ogres l'évitent le plus possible, et c'est une chance pour nous. »

Balmoral regarda Piggott et Scroggs d'un air méfiant, comme si les chefs de meutes le mettaient mal à l'aise et l'inquiétaient un peu, puis il s'adressa directement à eux :

– Je ne vous comprends pas, mais, si vous saisissez ce que je dis, sachez que, dans cette mission, vous jouez un rôle capital. Sans vous et vos clans respectifs, nous n'aurions aucun espoir de gagner la bataille.

Piggott et Scroggs se redressèrent fièrement. J'étais heureuse de les voir participer à un événement aussi important. Balmoral lissa la carte de la main et poursuivit :

– Vous voyez, là, aux grilles de la Cité des Chiens, je peux envoyer une demi-douzaine de gardes dès le matin. Ils raconteront à l'ogre de service que le dépotoir n'a pas été contrôlé depuis longtemps et qu'ils comptent y rester quelques heures pour l'examiner de fond en comble. Les ogres les laisseront passer, jugeant la requête raisonnable. Je les enverrai alors au beffroi, où ils pourront s'armer avant de prendre position dans les arbres par ici, en lisière de la forêt.

Du doigt, il nous montra la zone où les bois bordaient la Cité des Chiens.

– Le reste des armes et armures devra être transporté à la décharge actuellement en usage pour y être caché. Mes hommes les rapporteront en ville dans les charrettes à ordures, avec juste assez de détritus pour couvrir leur chargement de contrebande. Les tournées à la décharge commencent chaque jour à l'aube. Il y en a au moins une toutes les heures. En milieu de matinée, la totalité de notre arsenal aura été acheminée jusqu'aux docks. Là, un réseau de paysans s'occupera de la distribution. Quand le soleil atteindra son zénith, deux cents Castaliens seront armés et prêts à se battre.

Le plan de Balmoral prenait forme dans mon esprit. Il me semblait que nous avions une chance de nous en sortir. Je grignotais des fruits secs en l'écoutant, dodelinant parfois de la tête sous l'effet de la fatigue. J'étais à bout de forces, mais l'exaltation de Balmoral me stimulait tellement que je ne risquais pas de m'endormir pour de bon.

– C'est la forêt que nous devons reconquérir en premier. Pour assurer le succès de notre plan, cette victoire initiale est cruciale. Maintenant, comme je vous l'ai promis, nous voilà revenus aux signaux d'alerte utilisés par les gardes. Ils sonnent du cor à différents niveaux d'intensité : très fort, et toute l'armée des ogres accourt dans la minute ; doucement, et seuls les ogres qui se trouvent à faible distance entendent le signal. Cela nous sera d'un secours précieux. Les dix ogres qui patrouillent dans la forêt sont dispersés, et nous sonnerons tout doux, tout doux depuis les arbres qui bordent la Cité des Chiens. Un par un, ou peut-être deux par deux, ils viendront à la rescousse du garde qui les appelle. Là, perchés dans les branches, nous les attaquerons d'en haut. Les ogres sont, eux aussi, équipés de trompes ; il est impératif que nous ne les attirions pas tous à la fois de manière à ne pas éveiller les soupçons. Ils sont d'une grande arrogance et ne donneront de la trompe qu'en dernière extrémité.

« Nous devrions pouvoir nous débarrasser des dix ogres qui patrouillent dans la forêt, puis nous déplacer pour nous rendre ici, à l'endroit où la forêt borde la vallée des Épines. Nous répéterons alors l'exercice en attirant dans la forêt les ogres postés le long de la vallée pour les attaquer depuis les arbres. Cette fois, nous nous trouverons aussi loin des docks et de la Tour Ténébreuse qu'on puisse l'être. Ces ogres gardent la frontière extérieure du pays. Nous pourrons donc sonner du cor un peu plus fort, en faire venir plusieurs d'un coup, et les abattre par groupes de trois ou quatre. »

– D'accord, objecta Yipes, mais comment être sûrs que les ogres arriveront juste au-dessous de nos arbres pour que nous puissions les frapper ?

– Un garde donne l'alerte ; quand un ou deux ogres se manifestent, il les conduit à l'endroit où nous sommes cachés dans les branches. Une petite manœuvre de diversion suffira, répondit Balmoral.

– Les chiens sauvages, intervint Armon. Un groupe de trois chiens nous permettra de contenir les ogres au pied d'un seul arbre. En attaquant d'en haut, nous les surprendrons d'autant mieux qu'ils seront occupés à combattre les chiens.

– Et voilà ! Vous me l'ôtez de la bouche, vilain géant, dit Balmoral.

Pour la première fois depuis longtemps, un sourire naquit sur mes lèvres.

– Je doute que nous parvenions à amener tous les ogres de la vallée des Épines dans la forêt, poursuivit-il. Si nous en piégeons la moitié, ce sera déjà bien. Il en restera alors sept ou huit dans la nature. La vallée des Épines est adossée aux bois et, en fin de matinée, les ogres viennent souvent sous les arbres pour s'abriter de la chaleur. Malheureusement, nous ne pouvons pas savoir quels arbres ils choisiront et nous devrons, une fois de plus, avoir recours aux meutes.

« Les chiens sauvages ne s'aventurent jamais hors de la Cité des Chiens. En voyant une troupe de ces bêtes tenter de traverser la vallée des Épines, les derniers ogres, furieux, s'assembleront en lisière de la forêt – où nous les attendrons. Ce sera le moment décisif : rater un seul de ces ogres serait une catastrophe. Le rescapé sonnerait du cor, et les portes de la caserne s'ouvriraient, lâchant contre nous une armée de brutes dont nous ne pourrions venir à bout. »

Conscients de l'ampleur de la tâche, des dangers qui nous menaçaient, nous échangions des regards inquiets. J'étais hantée par le souvenir de l'ogre que nous avions affronté dans cette pièce étroite avec John et les autres, par son aspect repoussant, son odeur infecte, les bruits affreux qu'il produisait. Seuls Balmoral et moi avions vu un ogre d'aussi près, été témoins de sa rage terrible. Je me réjouissais que ce spectacle ait été épargné à mes compagnons.

– Tout cela devra être exécuté demain en quelques heures, entre le lever du jour et neuf heures du matin. Si les gardes des docks restent absents plus longtemps, l'ogre de la grille se doutera de quelque chose. Il y a d'autres gardes castaliens dans la forêt et la vallée des Épines ; ils vous aideront. Dès que la forêt sera reconquise, vous aurez six combattants de plus. Lorsque vous vous attaquerez aux ogres de la vallée des Épines, vous aurez une douzaine d'hommes pour vous prêter main-forte dans les arbres. Avec Yipes et Alexa, cela porte le total des combattants à quatorze.

– Et Armon ? demandai-je. C'est lui notre principal atout. Où sera-t-il pendant ce temps ?

Balmoral se pencha de nouveau sur sa carte pour montrer les falaises par-delà la Cité des Chiens, puis il leva les yeux vers Armon :

– Je crains qu'il ne vous faille vaincre à vous seul les trois ogres des falaises. Au corps à corps sans doute. Trois contre un. Pour ne rien arranger, vous devrez veiller à ce qu'ils ne donnent pas de la trompe.

Balmoral jeta un bref coup d'œil à la carte et reprit :

– J'ai eu l'occasion de voir les lieux. Les falaises tombent droit dans l'océan, mais de quelle hauteur, personne n'en sait rien. Même en été par grande chaleur, une brume épaisse cache l'eau. Solides, elles ne s'effritent pas sous le pied et sont parsemées de roches déchiquetées.

– Je prendrai Scroggs avec moi, dit Armon. Piggott et Odessa iront avec les autres. Scroggs, tu m'accompagneras avec six de tes plus fidèles compagnons. Ensemble, nous ferons diversion pour attirer les ogres un par un au bord du gouffre et les précipiter dans le brouillard.

Armon était si sûr de lui, si convaincant, que sa voix ferme comme du granit nous apporta la confiance qui nous manquait. Balmoral approuva l'idée d'un hochement de tête avant de poursuivre :

– Pendant que vous dégagerez le terrain dans la forêt, dans la vallée des Épines et sur les falaises, je m'occuperai des docks avec mes combattants. Pour réussir, il nous faudra frapper d'un coup, en évitant les grilles et la Tour Ténébreuse. Les docks sont divisés en deux secteurs, l'un côté forêt, l'autre côté château, avec cinq ogres pour chacun – quatre pour la Tour Ténébreuse, puisque l'un d'eux est mort ce soir. Ils effectuent des rondes régulières. Une heure avant la tombée du jour, nous attaquerons les neuf ogres restants et déblaierons les corps avant la nuit. Je doute que la disparition de celui que nous avons tué soit remarquée avant demain matin. Le plus souvent, ils regagnent la caserne en masse ; les retardataires retenus par une tâche où une autre rejoignent le gros de la troupe plus tard. Et tout ce monde s'endort bien vite sans se préoccuper des autres. Mais son absence ne passera pas inaperçue à la prochaine relève. Nous devons donc agir immédiatement.

– Supposons que ce plan marche, dis-je. Dès que les quarante-quatre qui sont à la caserne ouvriront les yeux, tous nos efforts seront réduits à néant. Comment espérez-vous les abattre tous à la fois ?

– Tant que nous restons à l'écart des grilles du château, notre plan d'attaque fonctionnera, répondit Balmoral. Les ogres de repos procèdent chaque jour selon un schéma identique : ils se réveillent, ils mangent, puis ils sortent et marchent en troupe jusqu'aux grilles avant de se disperser pour prendre leur poste et relever ceux de l'équipe précédente. Ils suivent toujours le même chemin pour se rendre du château au quai. À vingt pas d'ogre des grilles, ils tournent à angle droit dans une longue rue étroite bordée de chaque côté par des bâtiments. C'est là que nous les attaquerons – tous sauf ceux qui assurent la relève devant les grilles et au pied de la Tour Ténébreuse elle-même. Les trente-sept qui passeront par cette ruelle obscure ne comprendront pas ce qui leur tombe dessus. J'assignerai deux hommes armés d'épées à chaque ogre, ils seront sur les toits, à quelques pieds les uns des autres. Ils frapperont tous ensemble une première fois, puis une seconde au cas où des monstres nous auraient échappé.

Nous dévisagions Balmoral ; la flamme de la victoire dansait dans ses gros yeux globuleux, et nous avions retrouvé la foi. Nous commencions à croire que nous pouvions vaincre les ogres, Grindall, et même Abaddon. Si nous réussissions, il n'y aurait plus que les six ogres de la grille, et les huit au pied de la tour – quatre qui achevaient leur garde, et quatre venus les relever. Ces quatorze-là, plus dix à l'intérieur du château. Avec la stratégie de Balmoral, nous aurions réduit le nombre de nos ennemis de quatre-vingt-dix-huit ogres à vingt-quatre en une seule journée. Vingt-quatre ogres constituaient néanmoins une armée redoutable, étant donné leur taille et leur force.

– Je sais déjà ce que tu penses – qu'il restera quatorze de ces brutes dehors, et dix à l'intérieur, dit alors Balmoral, comme s'il lisait dans mon esprit. Alertés par le bruit du combat, les ogres postés aux grilles arriveront en courant. Ce seront des cibles faciles pour mes hommes. Quant à ceux de la Tour Ténébreuse... Eh bien, le moment sera venu de prendre la tour d'assaut. Deux cents Castaliens armés, plus d'une centaine de chiens sauvages et notre géant à nous lancés à l'attaque des derniers ogres – huit dehors, et dix à l'intérieur de la Tour Ténébreuse.

Balmoral s'interrompit et jeta un regard circulaire à la pièce à peine éclairée par notre chandelle mourante.

– Je pense qu'à ce stade nous aurons créé les conditions pour lutter à armes égales, en un combat équitable, un combat qui peut être gagné par un camp comme par l'autre.

Une chance sur deux de vaincre, c'était inespéré. Nous approuvâmes à l'unanimité le plan de Balmoral. Enfin, les préparatifs étaient terminés. Il rentra chez lui pour rassembler ses troupes, et je pus m'étendre sur le sol glacé du beffroi. Là, au bord du sommeil, les questions se mirent à tourner dans ma tête. Je me demandais ce qui nous attendait dans la Tour Ténébreuse, ce que Catherine dirait en me voyant, si elle était encore en vie. Je me demandais pour la première fois à quoi ressemblait Grindall, comment il réagirait, quel discours il tiendrait.

Murphy resta près de moi, et nous parlâmes de John à voix basse pendant de longs moments de tristesse avant de nous endormir, accablés de fatigue, épuisés par tout ce que nous avions vécu depuis notre arrivée à la Cité des Chiens.

XXI
La Tour Ténébreuse

En lisière de la forêt, l'air matinal était agréable et frais ; du haut de l'arbre sur lequel nous étions perchés, les odeurs de la Cité des Chiens n'étaient qu'un vague souvenir. J'étais assise non loin de Yipes, cachée parmi les feuilles d'un immense chêne, à quinze pieds au-dessus du sol. Plus haut encore, à trente pieds et plus, Murphy guettait l'approche des ogres. Tenant la branche de ma main gauche, j'empoignai fermement mon épée toute neuve de l'autre.

À ma droite, sur une autre branche, Yipes bandait son arc, prêt à tirer. Il avait été décidé que ce serait là son arme de combat, car, contrairement aux Castaliens, il était habile de ses flèches et visait juste. Dans un autre grand arbre, face à nous, deux gardes à leur poste attendaient en silence. Au sol, au-dessous d'eux, trois chiens sauvages faisaient les cent pas près du tronc. Squire tournait dans le ciel, surveillant le royaume entier. J'aurais aimé être à sa place, voir tout ce qu'il voyait, savoir où se trouvait chaque ogre.

– Je connaissais John depuis longtemps, déclara soudain Yipes.

Surprise, je sursautai. Sous notre chêne, les deux chiens et Odessa cessèrent leurs allées et venues pour lever le nez vers cette voix inattendue.

– Il a eu une vie difficile, poursuivit Yipes un ton plus bas. Pourtant, je ne l'ai jamais entendu se plaindre. Sans t'avoir rencontrée, il parlait beaucoup de toi.

– Ah oui ?

– Il s'inquiétait à ton sujet. Warvold lui avait donné pour mission de veiller sur toi, et il était conscient que c'était là le devoir le plus important qu'on lui eût jamais confié. Jusqu'à ce voyage, je ne comprenais pas bien de quoi il voulait parler. À présent, tout est clair. Il se doutait déjà qu'il risquait sa vie ; comme il le prévoyait, il est mort pour te protéger, toi et la dernière Jocaste.

Yipes me sourit, sa merveilleuse petite moustache recouvrant sa lèvre supérieure, et j'eus alors peur de le perdre, lui aussi.

– Est-ce qu'il t'a raconté pourquoi on l'avait mis en prison ? demanda mon compagnon.

– Jamais. Je lui ai posé la question pendant le trajet, mais il a refusé de répondre.

Yipes remua sur sa branche et ajusta son arc.

– Un groupe de femmes et d'enfants vivaient dans la forêt, m'expliqua-t-il tout bas. Selon la rumeur, John aurait eu pitié d'eux, en particulier des petits, à tel point qu'il volait dans les cuisines et les magasins d'Ainsworth pour leur procurer de quoi manger et se vêtir. Pendant un certain temps, tout s'est bien passé, il a pu subvenir à leurs besoins jusqu'au jour où il s'est fait prendre et expédier au bagne avec les condamnés.

– C'est vrai ? m'exclamai-je un peu trop fort.

Yipes fit signe que oui et, avant que j'ouvre la bouche pour l'interroger davantage, l'un des chiens se mit à aboyer en nous regardant.

– Taisez-vous ! gronda Odessa au pied de l'arbre.

Au même moment, nous entendîmes le son du cor en sourdine. Un garde à notre gauche venait de donner l'alerte. Mon cœur s'accéléra, mes paumes devinrent moites. Immobiles et tendus, nous attendions, curieux de voir le résultat. Enfin, Murphy dégringola du haut du tronc à mon côté tout en couinant :

– Tiens bon, ils arrivent !

Ils venaient donc à plusieurs ? Sans un mot, je levai deux doigts, et Murphy confirma d'un hochement de tête.

Pas un souffle de vent, pas un chant d'oiseau, pas un cri animal ne troublaient le silence de mort. Les ogres approchaient, je sentais leur présence. Puis les brindilles craquèrent sous leurs pas, et j'aperçus l'une de ces créatures hideuses qui remontait le sentier ; de fort méchante humeur, la brute cherchait des yeux le garde qui l'avait appelée. Un autre ogre suivait en se grattant la tête avec des grognements furieux. Tandis qu'ils s'avançaient, je jetai un coup d'œil à Yipes. Il tenait fermement son arc, prêt à décocher une flèche dès qu'un monstre ou les deux seraient au-dessous de nous.

Selon le plan établi, alors que le garde venait à la rencontre des ogres entre les deux arbres, les chiens se mirent à aboyer comme des fous. Les ogres se séparèrent, l'un allant vers l'arbre d'en face, l'autre vers celui que nous occupions. Bientôt, sa tête monstrueuse n'était plus qu'à quelques pieds de moi. En bas, les chiens s'écartèrent sur le côté du tronc pour obliger le monstre à s'approcher encore. L'ogre tira son immense épée, amusé par le spectacle, tout content à l'idée d'embrocher ces misérables bêtes. En face, son compagnon avait fait de même et s'escrimait après les chiens quand, de cinq pieds au-dessus de lui, un garde s'élança dans les airs pour atterrir sur son dos et lui enfoncer sa lame dans le crâne. Au même moment, Yipes décocha sa flèche à l'ogre qui se trouvait au-dessous de lui. Par malchance, celui-ci s'était retourné en entendant le cri de son compère parmi les aboiements forcenés des chiens. La flèche manqua sa tête pour se loger dans son épaule. Il poussa un terrible hurlement de douleur et de rage. D'une seconde à l'autre, il donnerait de la trompe et tout serait perdu. Sans hésiter, les deux compagnons d'Odessa l'attaquèrent aux jambes. Il eut beau se débattre, ruer dans tous les sens, les chiens avaient planté leurs crocs dans sa chair et ne lâcheraient qu'en rendant leur dernier souffle. De guerre lasse, l'ogre les empoigna tous les deux par le cou. Je hurlai à mon tour, et il leva les yeux, juste au moment où Yipes tirait une seconde flèche, touchant la brute au front. À mon grand étonnement, la flèche disparut presque entièrement dans son crâne. Déstabilisé, l'ogre fit un léger écart sur la gauche, puis, comme au ralenti, il tituba et tomba à la renverse pour s'écraser au pied du chêne.

Je descendis en toute hâte de mon perchoir. Ne sachant que trop bien ce qui était arrivé à John, je restai à distance raisonnable du corps gigantesque et fus à peine surprise de voir le monstre se redresser lentement pour s'adosser au tronc et sortir sa trompe. Déjà, il la portait à sa bouche. Une flèche venue d'en haut lui transperça la main. D'un bond, je vins lui arracher la trompe et reculai tout aussi vite. Enfin, l'ogre bascula et s'effondra. Les chiens étaient toujours accrochés à ses jambes.

De l'autre côté du sentier, les gardes avaient aussi triomphé de l'ennemi et nous faisaient signe de venir les aider à tirer l'ogre mort dans les fourrés. Tout ne s'était pas déroulé sans accroc, mais nous avions réussi. Nous avions vaincu deux ogres en l'espace de quelques minutes.

La matinée se poursuivit comme elle avait commencé – je vous épargne l'horreur des détails. Nous pûmes attirer ainsi tous les ogres de la forêt. La flèche mal placée de Yipes fut le moindre de nos problèmes. Nous avions perdu des gardes et des chiens. En arrivant devant la vallée des Épines, il nous restait six ogres à abattre ; nous avions dix gardes répartis dans les arbres, et plus de cinquante chiens sauvages au sol. Hélas, les ogres de la vallée étaient trop loin pour que nous puissions les attaquer. Avant qu'ils n'aient l'idée de donner de la trompe, six de nos gardes sonnèrent du cor – plus fort que dans la forêt, mais pas assez pour être entendus depuis les docks. Confrontés à tant d'appels simultanés, les six derniers ogres ne pensèrent pas à lancer l'alarme et se précipitèrent, convaincus que leurs pairs de la forêt arriveraient eux aussi en courant. Lorsqu'ils atteignirent les arbres, les chiens se déchaînèrent, il se mit à pleuvoir des coups d'épées et des flèches. Quelques minutes plus tard, nous avions eu raison des ogres qui gardaient encore la vallée des Épines.

Nous avions perdu treize chiens et deux de nos combattants. Un troisième avait été rudement commotionné, un ogre l'ayant cogné contre un arbre ; il était cependant en état de se battre et n'y aurait pas renoncé pour quelques côtes fêlées. Nous étions en milieu de matinée et avions accompli une sorte de miracle : le terrain était prêt pour ce que nous espérions être de grandes victoires à venir. Nous nous hâtâmes de regagner le beffroi, où Armon et Scroggs nous attendaient. Ils avaient, eux aussi, triomphé de leurs ogres sur les falaises en bordure de l'océan. Le premier avait été tué dans son sommeil ; les deux autres, attirés par les chiens au bord du gouffre, avaient été poussés dedans par Armon.

Balmoral avait tout prévu. À notre retour au beffroi, Margaret était là, avec des uniformes propres. Les gardes ôtèrent leurs vêtements souillés, tachés de sang et malodorants. Puis, aussitôt changés, ceux qui s'étaient joints à nous un peu plus tôt filèrent vers les docks, sans doute pour y recevoir de nouvelles armes et les instructions de Balmoral.

– Il faut que je rentre sans tarder, dit Margaret. Je transmettrai la nouvelle de vos succès à Balmoral. Ne bougez pas d'ici ; une heure avant la tombée du jour, vous vous rendrez sous les arbres en bordure des docks et resterez cachés jusqu'à ce qu'un feu soit allumé sur la berge du lac. Alors, vous accourrez aussi vite que vous le pourrez.

Avant qu'elle ne nous quitte, nous lui proposâmes que Piggott et Odessa l'accompagnent à travers la Cité des Chiens, offre qu'elle accepta.

Ensuite, nous attendîmes que les minutes se transforment en heures, et cela n'en finissait pas. Pour tuer le temps, nous mangions en parlant de notre exploit, de ce que nous ferions une fois dans les docks, de l'Essaim Noir qui sillonnait les airs en quête d'Armon, des craintes que nous éprouvions pour notre bon géant, vulnérable au moment de l'attaque du château. L'idée que cet être merveilleux soit défiguré par des milliers de chauves-souris m'était insupportable, et je le suppliai de ne pas quitter le beffroi. Mais, comme moi, il ne serait pour rien au monde resté à la Cité des Chiens pendant qu'une bataille décisive se jouait à la Tour Ténébreuse.

Finalement, les heures passèrent, teintant le ciel d'orange crépusculaire, et notre armée se mit en route vers les docks – des douzaines de chiens sauvages, un homme minuscule, un écureuil, une fillette, une poignée de gardes castaliens venus de la forêt et de la vallée des Épines, et un unique géant. Nous n'étions sans doute pas les troupes d'élite que l'on s'attend à voir apparaître en renfort pour sauver la situation et pourtant, à nous tous, nous avions vaincu vingt-huit ogres ; sachant que nous avions une chance de l'emporter, nous marchions au combat avec assurance. Les chiens avaient retrouvé leur fierté, ils avançaient la tête haute, conscients de leur importance, et je m'en réjouissais pour eux.

Comme convenu, nous patientâmes en silence jusqu'à ce que les flammes se reflètent dans l'eau chatoyante du lac tandis que le jour déclinait. J'apercevais au loin la Tour Ténébreuse, j'imaginais Grindall à son sommet, contemplant de là-haut son triste royaume dans l'illusion que tout allait pour le mieux cependant que le soleil baissait pour disparaître sous l'horizon.

– Ça y est ! Je vois le feu ! s'écria Yipes assis sur l'épaule d'Armon.

Et le groupe s'ébranla aussitôt, les chiens bondissant pour prendre la tête, courant de toute la vitesse de leurs pattes, suivis de près par Armon qui avançait à pas de géant, portant Murphy et Yipes. Seule derrière eux, j'avais beau jouer des jambes, je perdais du terrain.

– Plus vite, Alexa ! Plus vite ! m'encourageait Yipes.

Mon épée à la main, j'accélérai encore, fonçant de toute mon âme vers le quai et la Tour Ténébreuse. Dans l'étroite ruelle, ogres et hommes gisaient un peu partout, véritable marée de corps grands et petits. Les Castaliens avaient remporté la victoire. Évitant les cadavres, je filais comme une flèche quand j'entendis la clameur des chiens. Ils aboyaient et grondaient avec tant de férocité que mon sang se glaça dans mes veines.

En tournant le dernier coin de rue, je vis que les nôtres avaient ouvert une brèche et franchi les grilles qui barraient l'accès au château. Les Castaliens, les chiens, les gardes, tous donnaient l'assaut aux ogres en faction au pied de la tour. Brusquement, je fus frappée par l'atmosphère maléfique des lieux – cette flèche noire dressée contre le ciel nocturne, cette flamme unique à une fenêtre, loin au-dessus de nos têtes, cette silhouette d'homme là-haut, penchée sur le spectacle de la guerre qui faisait rage à ses pieds.

La terreur me coupa le souffle, je vacillai sur place. Puis il se produisit une chose étrange. J'entendis une voix, une voix qui ne ressemblait à aucune autre, comme un vent qui traversait ma tête d'une oreille à l'autre.

« C'est toi qui dois y aller, toi que j'ai choisie. Personne ne peut le faire pour toi. »

Ces paroles résonnaient, nettes et claires dans mon esprit, prononcées d'un ton ferme. Ce n'était pas une requête – c'était un ordre.

Je repris ma marche, à pas lents d'abord, puis plus vite, et je m'élançai bientôt vers le grand escalier de pierre qui menait à l'imposante porte en bois de la Tour Ténébreuse. Laissant la bataille derrière moi, je courus sans me retourner, sans m'arrêter, sautant de marche en marche, jusqu'à atteindre la dernière pour me retrouver face au battant monstrueux et bardé de ferrures, assez haut pour qu'un ogre y passe sans se baisser – et face à un de ces méchants ogres qui tenait une masse d'armes hérissée de pointes dans son énorme patte gauche.

– Du large, Alexa !

C'était la voix sonore d'Armon, qui m'avait suivie à mon insu. Solidement campé sur ses jambes, il arrachait de ses mains une pierre gigantesque qui dépassait de l'arche d'entrée, si large et si massive que ses bras immenses y suffisaient à peine. L'ayant dégagée, il la souleva au-dessus de sa tête tout en s'avançant vers la porte. Puis il la projeta de toutes ses forces contre l'ogre – qui tomba à la renverse, défonçant les ferrures dans sa chute. Au prix d'un effort surhumain, Armon se saisit de l'ogre assommé, le souleva à son tour, puis, avec un grand cri, le précipita par-dessus l'escalier.

Je me hissai sur la balustrade pour regarder le sol, cinquante pieds plus bas. Dans la nuit éclairée par les torches, je vis que Balmoral, les chiens et les Castaliens achevaient de neutraliser les derniers ogres. Bientôt, ils seraient maîtres de la tour. Sautant de mon perchoir, je regagnai la porte, toujours en place malgré ses ferrures endommagées.

– Écarte-toi un peu, Alexa, dit Armon en reprenant la pierre.

Il la lança une deuxième fois, au milieu du battant, qui pour le coup vola en éclats.

Une brèche était ouverte dans la Tour Ténébreuse, désormais vulnérable. Dans ses entrailles obscures, on ne distinguait que les maigres reflets dansants des torches sur la pierre nue.

XXII
Victor Grindall

Prudente, j'entrai sur la pointe des pieds. Armon déblaya ce qui restait des ferrures et du battant de bois, puis me suivit. L'atmosphère était humide et sentait le renfermé. On ne voyait guère que de rares torches aux flammes anémiques. Tout n'était que pierres noires et ombres inquiétantes. J'entendais toujours la clameur des chiens qui aboyaient en bas ; une légère brise soufflait par la porte défoncée. Malgré le bruit, pas d'erreur possible, la voix mystérieuse me parvenait de nouveau comme un murmure dans le vent :

« *L'Essaim Noir approche. Envoie Armon sur les falaises au bord de l'océan.* »

L'idée qu'Armon se métamorphose en un de ces ogres abominables me terrifiait plus encore que celle de rester seule dans la Tour Ténébreuse. Levant les yeux vers lui, je lui fis signe de se pencher.

– Qu'est-ce qui se passe, Alexa ? s'enquit-il, troublé par mon expression soucieuse.

– L'Essaim Noir est proche, Armon. Il vous faut gagner les falaises et nous y attendre.

Il me dévisagea pendant quelques instants, puis posa ses énormes mains sur mes épaules.

– Il est dit que la dernière des pierres apporte les paroles d'Elyon lui-même ; que celui ou celle qui la possède entend sa voix, déclara le géant avec un profond respect. As-tu entendu cette voix, Alexa ?

Baissant les yeux, je refermai le poing sur la bourse de cuir qui contenait ma Jocaste.

– Je crois que oui, balbutiai-je. Vous devez partir sur-le-champ, avant que les chauves-souris arrivent. Fuyez, Armon !

Il se redressa en hâte, se tourna vers la porte et s'éloigna. Tandis que l'obscurité l'engloutissait, j'entendis d'autres voix, lointaines d'abord, puis plus proches. Je brandis mon épée... pour l'abaisser aussitôt, soulagée par l'apparition de deux petites têtes au coin de la porte – l'une frémissante et couverte de fourrure, l'autre moustachue. Murphy et Yipes ! Qui se précipitèrent pour me rejoindre. Armon se pencha alors par le trou et dit :

– Maintenant, c'est à vous de jouer. À vous trois, vous devez libérer Catherine et en finir une fois pour toutes avec Grindall.

– Fuyez ! lui criai-je en réponse. Vite ! Sur les falaises !

Armon hocha la tête, puis il disparut dans la nuit, me laissant seule avec Murphy et Yipes pour affronter les ténèbres de la tour.

– Nous voilà dans un joli pétrin, remarqua Yipes. Il ne nous reste plus, je suppose, qu'à monter là où l'escalier voudra bien nous conduire... ou à descendre dans les souterrains du donjon.

Murphy avait déjà pris de l'avance ; il reniflait les dalles du sol en courant d'un côté à l'autre. Il y avait là deux larges escaliers, l'un vers le bas, l'autre vers le haut. La pièce elle-même était circulaire et vide, à l'exception de deux torches accrochées au mur. D'abord tentée de descendre sauver Catherine et de prendre la fuite aussitôt après, je me souvins de la silhouette solitaire, debout près de la fenêtre au sommet de la flèche, de l'homme qui regardait son royaume s'effondrer de toutes parts. Si nous devions nous débarrasser de Grindall, c'est par lui qu'il fallait commencer.

– Montons, dis-je d'un ton décidé. Il est là-haut, à quelques volées de marches. Gardons les oubliettes pour plus tard.

L'escalier du dehors nous avait amenés au milieu de la tour – à cinquante pieds du bas, et cinquante pieds du haut. D'instinct, je pressentais qu'au sommet de la flèche Grindall nous attendait.

Avant que j'ouvre la bouche pour ajouter un mot, Murphy était sur la sixième marche et filait vers le niveau suivant en restant près du mur, où l'ombre était plus dense. Nous l'imitâmes, Yipes et moi, gravissant en silence la longue spirale. Les bruits du dehors s'atténuaient à mesure que nous montions. Au bout de ce qui sembla un temps infini, nous arrivâmes à un palier avec une nouvelle porte. Je m'étonnai qu'elle soit entrebâillée, mais Murphy se glissa par la fente sans plus réfléchir.

Je poussai doucement le battant, qui grinça sur ses gonds. Quand l'ouverture fut assez large, j'y passai la tête pour jeter un coup d'œil. C'est alors que je sentis l'odeur des ogres – cette odeur infecte de moisi et de chair putride. Elle provenait de derrière nous. Je me retournai, et, au même moment, la porte s'ouvrit à toute volée. D'une brusque bourrade, on nous expédia à l'intérieur. Surpris, Yipes et moi nous retrouvâmes par terre. Le battant se referma en claquant. Devant, il y avait deux ogres, les plus énormes que j'aie jamais vus, occupés à bloquer l'accès avec une grosse poutre de bois au cas où quelqu'un aurait l'envie d'entrer.

– Cela ne pourrait pas être pire, marmonna Yipes.

Regardant autour de nous dans la pièce mal éclairée, nous aperçûmes huit ogres, tous plus massifs que ceux que nous connaissions. Quatre de ces monstres contre un mur, quatre contre l'autre. Entre les deux rangées de brutes trônait un unique siège de pierre sur lequel était assis un homme drapé dans une cape pourpre, tête baissée, ses longs cheveux noirs tombant sur son visage de sorte qu'ils nous cachaient ses traits.

– Tu te trompes, Yipes, murmurai-je.

L'homme se redressa, le regard fou, la tête inclinée vers la gauche. Il était d'une pâleur mortelle, à croire qu'il n'était pas sorti au grand jour depuis des lustres. Ses yeux exorbités, fourbes et pleins de rage, s'accrochèrent à la bourse de cuir qui contenait ma Jocaste. Il avait le front bas, et, à ma grande stupeur, lorsqu'il prit conscience que je l'observais, il montra les dents – des dents irrégulières, hideuses – comme le ferait un loup. Sa lèvre inférieure épaisse pendait, un filet de bave coulait au coin de sa bouche. Je compris alors que Grindall – ce ne pouvait être que Grindall – n'avait pas toute sa raison. Sa lèvre supérieure s'étira en un rictus sinistre, et il bondit de son siège. Les ogres se mirent soudain à parler, remplissant la pièce de sons gutturaux inarticulés, de grognements, de rugissements. Grindall s'adressa à eux dans leur langue. Je n'en revenais pas de l'entendre émettre ces bruits répugnants tandis qu'il leur donnait ses ordres d'un ton hargneux. Les monstres s'immobilisèrent. En dehors des gargouillis de leur respiration, ils étaient maintenant presque silencieux.

– Tu m'as causé bien des tracas, Alexa Daley, psalmodia alors Grindall d'une voix devenue grave, mielleuse, presque hypnotique de lenteur. Tu m'as cependant apporté une chose que je recherche depuis une éternité. Comme il est séant que la dernière Jocaste soit au cou d'une misérable fillette, une simple enfant ! Je trouve fort plaisant qu'Elyon n'ait pas pu faire mieux.

– Vous êtes Victor Grindall ? demandai-je.

Il me dévisagea avec tant de malignité que je détournai les yeux. De sa voix doucereuse, mesurée et insinuante, il reprit :

– Lui-même. Victor Grindall, dixième du nom pour être précis. Et voici mes laquais, les plus puissants de tous les géants, qui ont juré de me servir et d'aller à la mort selon mon bon plaisir. Une compagnie malodorante, j'en conviens, mais, comme tu t'en doutes, très utile dans les situations de ce genre.

Une clameur glorieuse se fit soudain entendre. Balmoral et ses hommes arrivaient ! Ils étaient à la porte, la martelaient à coups répétés. Et je repris confiance.

– Vous êtes cerné, déclarai-je. Vous et ces quelques derniers ogres. Une puissante armée va entrer d'une minute à l'autre.

– Ah oui ? Quelle aubaine pour moi ! Je comptais justement abattre la tour sur eux. Je suis sûr que mes laquais sauront tenir cette porte jusqu'à ce que nous ayons conclu notre affaire, toi et moi.

Dans leur affreuse langue rauque il ordonna à deux ogres supplémentaires d'aller garder la porte. Ils étaient quatre à présent et, si le lourd battant tremblait sous les coups de boutoir des Castaliens, il y avait peu de chances qu'ils l'enfoncent à temps pour nous sauver.

Grindall alla jusqu'à la fenêtre, regarda dehors avant de s'adosser contre le montant, puis reporta son attention sur moi. De derrière lui venait une rumeur terrible – claquements d'ailes membraneuses et piaillements suraigus de milliers de sombres créatures. L'Essaim Noir arrivait, à la poursuite d'Armon.

– Le créateur de ce monde est parti depuis longtemps, tu sais, persifla Grindall. Il ne reviendra pas. Jamais. Il a d'autres projets. L'humanité l'a bien déçu, et j'avoue que, sur ce point, je ne suis pas loin de partager ses sentiments.

Les chauves-souris avaient atteint la fenêtre ; derrière Grindall, elles tournoyaient dans l'air nocturne avec des cris à vous déchirer les tympans.

– Le géant que vous cherchez est quelque part en bas. Trouvez-le ! Capturez-le et amenez-le ici ! leur lança-t-il par-dessus son épaule.

Lorsque Grindall me fit de nouveau face, une sorte de joie rageuse s'était peinte sur ses traits.

– Le seul chef ici, c'est moi. Moi et les forces que je commande. Toute cette violence, là, dehors, est parfaitement inutile. Je me suis lassé de ces misérables Castaliens. Ils sont sales, paresseux, ils ne me servent à rien.

Une fois de plus, son regard se posa sur la bourse à mon cou :

– Cette pierre est tout ce qui m'importe.

– Si la tour s'effondre, vous vous effondrerez avec.

La voix de Yipes me surprit. Étant donné la situation, il témoignait d'un courage inattendu. Derrière la porte, les chiens sauvages hurlaient, les hommes cognaient pour entrer. L'odeur forte des ogres était très concentrée dans cet espace restreint, et Grindall riait. D'un rire inquiétant, lourd de menaces et dément, à peine humain.

– Je crois que tu es le petit homme le plus sot que j'aie rencontré, éructa-t-il.

Le rire fou s'éteignit, et sa voix redevint grave. Il alla jusqu'à Yipes et le gifla si fort que mon compagnon tomba à terre, inerte, un filet de sang à sa tempe. Le dominant de toute sa taille, Grindall l'apostropha de manière grotesque :

– Oh, tu es vraiment très impressionnant. J'ai bonne envie de te ramasser et t'envoyer par la fenêtre. Ce serait un plaisir de te voir voler, t'écraser et te briser en mille morceaux. À moins que je ne te jette en pâture à mes géants. Qui sait ? Ils apprécieraient peut-être le repas. Qu'en penses-tu, Alexa ? Si nous l'offrions aux géants ?

Remuant l'air putride, les ogres approchèrent en grognant. Moins faible que je ne l'imaginais, Grindall agrippa Yipes par son gilet et le lança en travers de la salle. Un ogre le rattrapa, puis le lorgna avec convoitise.

– Sors la Jocaste et donne-la-moi, Alexa. Donne-la-moi tout de suite, ou ton ami est mort.

Dans sa folie, il fixait la bourse à mon cou comme si rien d'autre au monde ne comptait à ses yeux, le bras levé, prêt à donner à l'ogre l'ordre d'écraser Yipes contre le mur.

« Sors la Jocaste et tends-la à Grindall. »

En entendant le vent murmurer dans ma tête, je n'en crus pas mes oreilles. Elyon avait-il renoncé ? Avais-je échoué dans ma mission ?

– Ai-je eu tort de venir au château ? demandai-je. Ai-je commis une erreur ?

– À qui parles-tu ? Donne-moi cette Jocaste ! aboya Grindall.

Obnubilé par la pierre que je portais au cou, il ne plaisantait plus, il avait perdu jusqu'à son humour grinçant.

– Donne-la-moi ! hurla-t-il encore.

D'une seconde à l'autre, il me l'arracherait de force. Désemparée, je jetai un coup d'œil à Yipes, minuscule et fragile, sans la moindre défense. Puis je regardai autour de moi. Rien que des pierres, et des ogres partout ; une grande fenêtre ouverte face au lac, avec une torche accrochée au montant. En arriver là après les épreuves que nous avions traversées ! Si Grindall mettait ses menaces à exécution, la tour s'effondrerait, détruisant tout le monde, y compris Catherine. Elyon serait définitivement vaincu, le triste règne d'Abaddon s'étendrait au pays entier, contaminant toute chose jusqu'à ce qu'il ne reste plus une once de bonté.

Je pris la bourse dans ma main, l'ouvris et en tirai la Jocaste lumineuse. Tandis que son éclat orange emplissait la pièce et dansait sur les murs, je la brandis bien haut pour la montrer à tous.

Avec un rire égaré, Victor Grindall la dévorait des yeux. Puis il tendit le bras pour s'en saisir. Alors, je compris que Balmoral disait vrai : Elyon savait tout, même ce qui échappait à Abaddon, obsédé par son désir pour la pierre. Au moment où Grindall allait s'en emparer, Squire poussa un cri plus strident que jamais et entra par la fenêtre, battant de ses ailes puissantes, ses yeux graves fixés sur la Jocaste.

Surpris, Grindall se retourna et vit arriver le faucon. Murphy se laissa tomber d'une poutre au plafond. Et, quand Grindall reporta son attention sur la Jocaste, les crocs de l'écureuil se plantèrent dans sa main tendue. Avec un hurlement de douleur, Grindall agrippa Murphy pour s'en débarrasser, mais le brave Murphy ne lâchait pas. Profitant de la diversion, Squire atteignit la Jocaste, la prit entre ses serres, vira contre le mur du fond et repartit en direction de la fenêtre. Un ogre tenta de le frapper juste avant qu'il ne sorte. Des plumes et des étincelles volèrent autour de l'ouverture. Dommage pour Grindall, la lame n'avait fait qu'effleurer la queue du faucon, et la dernière des Jocastes avait pris les airs.

Relâchant sa victime, Murphy grimpa le long d'un mur pour se réfugier sur une poutre. Dehors, la clameur des chiens et des hommes allait croissant. Les quatre ogres peinaient à maintenir la porte fermée.

– L'armée est sur le point d'entrer en force, dis-je. Avez-vous une dernière déclaration à faire avant que nous prenions la Tour Ténébreuse et anéantissions le reste de vos méchants ogres ?

En s'efforçant de cacher la souffrance que lui causait la morsure de Murphy, Grindall me toisa avec une expression de dégoût.

– Quelle odieuse gamine ! commença-t-il, et sa voix augmentait en volume à mesure qu'il poursuivait : Tu n'as réussi qu'à aggraver les choses. Elyon ne reviendra jamais, et tu viens me narguer pour attiser ma rage. J'étais tranquille ici, à Castalia où j'étais maître d'Abaddon. Et voilà que, par ta sottise, tu l'as libéré sur le monde. Cette tour ne peut plus contenir sa colère.

Il se retourna vers ses ogres et leur rugit ses ordres :

– Allez, vous autres ! Préparez la voie pour le seul roi légitime !

Incroyable mais vrai, laissant ceux qui gardaient la porte et celui qui tenait Yipes, cinq des dix monstres se précipitèrent à la fenêtre et sautèrent. La porte allait céder, les quatre autres ogres grondaient et glapissaient dans leurs efforts pour protéger la pièce contre l'armée de Balmoral.

– Tu as déchaîné Abaddon, et il ne trouvera la paix que lorsqu'il aura pouvoir sur tout, proclama Grindall. Je te suggère de filer, et vite. La Tour Ténébreuse ne tardera plus à s'effondrer. Il faut que tu survives pour m'apporter la dernière des pierres.

Puis il grogna en direction de l'ogre qui tenait Yipes. Avec mon compagnon sous le bras, la bête gagna la fenêtre et sauta, elle aussi. Je hurlai. Trop tard. Yipes avait disparu.

Grindall se pencha alors, son visage détestable à quelques pouces du mien. De sa main ensanglantée, il effleura ma joue :

– Il est un endroit dont je ne me suis guère préoccupé depuis bien longtemps, d'autant que Ganesh le surveillait pour moi avec un soin jaloux.

– Ganesh travaillait pour vous ? m'étonnai-je.

Jamais je n'aurais imaginé que l'influence de Grindall s'étendait aussi loin.

– Bien sûr qu'il travaillait pour moi, petite sotte. Tu crois que je ne suis pas informé de ce qui se passe dans votre misérable royaume par-delà les Monts Obscurs ?

Le ton de sa voix laissait entendre que d'autres à Bridewell pouvaient être à ses ordres. Mais qui ? J'en frissonnai.

– Tu as trois jours pour me rejoindre à Bridewell, poursuivit-il. Apporte-moi la pierre, et je te rendrai ton ami. Tu as ma parole, Alexa – Elyon ne reviendra jamais. Ta quête est inutile. Tu peux encore sauver ton ami, avoir à mes côtés une part de pouvoir. Il te suffit de m'apporter cette pierre.

Nous nous dévisageâmes pendant un long moment, puis Grindall se redressa et héla ses quatre derniers ogres. Il se tourna vers la fenêtre, s'élança et plongea dans la nuit comme les autres. Dès qu'il eut disparu, les ogres l'imitèrent à l'instant où la porte cédait et volait en éclats.

À mon tour, j'allai à la fenêtre pour suivre leur chute interminable à travers l'air nocturne et les voir s'enfoncer dans l'immense bassin à l'arrière de la tour. Ce bassin était relié au lac par un canal. J'apercevais des torches qui glissaient au-dessus de l'eau, comme sur un bateau. Grindall et les dix ogres s'étaient échappés ; ils traverseraient le lac jusqu'aux Monts Obscurs, emportant avec eux leurs noirs desseins vers des destinations inconnues.

Balmoral était dans la pièce. Il s'agenouilla et m'enveloppa de ses bras :

– Tu n'as rien, Alexa ? Pourquoi es-tu venue ici sans nous attendre ?

– Il a emmené Yipes, murmurai-je, incapable de penser à autre chose.

Balmoral et quelques-uns de ses gardes se rendirent à la fenêtre au moment même où Squire revenait. D'abord effrayés par cette apparition, ils reculèrent. Squire vola jusqu'à moi, déposa la Jocaste dans ma main, puis alla se percher sur une poutre, d'où il lança un cri perçant.

– Il nous demande de fuir, expliquai-je. Grindall a un moyen d'abattre la tour. Nous devons évacuer tous nos hommes et trouver les cachots avant qu'il soit trop tard.

– Qu'est-ce que tu racontes là, petite ? Il est parti, je vois son bateau d'ici. Il vogue déjà sur le lac.

Balmoral s'interrompit soudain. La tour tremblait sur ses bases, oscillant dangereusement.

– Oh, non ! s'exclama-t-il.

Tous se précipitèrent hors de la pièce pour descendre au plus vite. Balmoral fut parmi les derniers à sortir, Scroggs fidèlement à son côté.

– Viens, Alexa ! m'encouragea-t-il.

Je me tournai vers Murphy, lui fis signe de sauter sur mon épaule. Puis, ayant rangé la Jocaste dans sa bourse, je bondis sur le rebord de la fenêtre.

– Nous sortons par ici, déclarai-je.

Murphy me dévisageait comme si je perdais l'esprit, Balmoral me hurlait de descendre. Puis j'entendis Squire derrière moi. Je regardai le gracieux faucon évoluer, et, accompagnée de Murphy, je le suivis dans la nuit. Je fermai les yeux en espérant que l'eau amortirait notre chute, que nous resterions en vie. Nous volions, volions vers le sol. Enfin, il n'y eut plus que le noir et le froid. Après l'impact cinglant, tout le corps me brûlait.

XXIII
Les cachots

J'émergeai de l'eau comme un boulet de canon, encore sonnée par la violence du choc. Je n'avais pas touché le fond, et pourtant j'avais cru que mes tympans exploseraient sous la pression. Plus vaste qu'il n'y paraissait depuis la tour, le bassin était à l'évidence très profond. J'aperçus Murphy qui barbotait à toutes pattes pour rejoindre la berge. Un coup d'œil le long du canal m'apprit que Grindall s'éloignait sur le lac, s'enfonçait dans la nuit, avec ses ogres qui ramaient de chaque côté du bateau.

Je nageai jusqu'à la rive, et me hissai sur la terre ferme. À cette heure tardive, la rosée mouillait déjà la pente. Bientôt, le jour poindrait. J'étais derrière la tour, d'où partaient deux hauts murs protecteurs qui allaient jusqu'au bord de l'eau. C'était un endroit secret, un endroit conçu pour un jour où, comme aujourd'hui, Grindall aurait besoin de s'échapper sans être poursuivi par des ennemis à pied.

Au-dessus de moi, la tour grondait ; un bloc de pierre s'en détacha et dégringola le long du bâtiment, heurtant la façade au passage. De la taille d'un homme adulte, il atterrit avec un bruit sourd, et le choc ébranla le sol.

– Comment Grindall s'y est-il pris pour que la tour s'écroule sur son ordre ? demandai-je.

Près de moi, Murphy essorait sa queue de ses petites pattes.

– Il a dû employer la force des dix ogres en arrivant en bas, répondit l'écureuil. Peut-être qu'il avait tout prévu pour pouvoir sauter et ôter les pierres de soutien dans une situation comme celle-ci. Si certaines pierres choisies ont été enlevées de la base, il est possible que l'édifice bascule. Quoi qu'il en soit, nous n'avons pas beaucoup de temps avant qu'il s'écroule complètement. Ce n'est pas le moment de traîner.

Nous nous levâmes pour longer le bassin jusqu'à une ouverture béante dans le mur de la tour ; elle donnait sur une cave noir d'encre dont l'eau tapissait le fond comme un sombre sirop de mauvais augure. Ce devait être là qu'ils avaient caché le bateau, et c'était notre seule chance d'accéder aux oubliettes avant que tout s'effondre autour de nous.

De l'autre côté du mur, j'entendais des voix, des cris, et les pierres reflétaient la lumière dansante des torches. Soudain, une main énorme agrippa le rebord du rempart, et ce qui devait être l'un des derniers ogres se hissa sur le mur et se redressa. Il ne nous vit pas, resta là à mugir, bras et jambes hérissés de flèches, dégoulinant de sang. Puis un miracle se produisit. Armon, que j'avais envoyé sur les falaises, sauta à son tour sur le mur, face à l'ogre blessé. En combattant expérimenté, il eut bientôt raison de l'adversaire. Après quelques passes à l'épée, Armon fit tomber l'ogre de l'autre côté du rempart, où les Castaliens l'achevèrent.

– Lancez-moi une torche ! cria-t-il à nos hommes.

Quelques instants plus tard, un flambeau à la main, il sauta de notre côté et nous rejoignit en trois pas. Heureuse de le revoir, je m'inquiétais toutefois pour lui.

– Pourquoi n'êtes-vous pas à l'abri dans les falaises ? demandai-je.

– J'y suis resté longtemps à observer l'Essaim qui venait vers moi, mais avant de m'atteindre il a fait demi-tour. Il est reparti vers le lac, à la suite de Grindall et de ses derniers ogres.

En regardant vers l'eau, il me sembla voir un nuage noir suspendu au-dessus du vaisseau de Grindall, un nuage plus noir que la nuit flottant dans l'air.

Du pouce, Armon désigna le mur derrière lui :

– Cet ogre sur le rempart, c'était le seul survivant de ceux qui étaient dehors. Les Castaliens sont enfin libres.

Il n'avait pas achevé sa phrase que la tour s'ébranla de nouveau. La secousse fut plus forte, une pierre se détacha du sommet, plus grosse que la première, accompagnée par d'autres de moindre taille. Du lac me parvenait le rire lointain de Grindall qui voguait sans entraves vers ma terre natale.

– Nous devons trouver les cachots et délivrer Catherine, il n'y a pas de temps à perdre, dis-je.

Armon se mit en marche sans rien ajouter. Éclairant de sa torche les parois de la caverne béante, il entra dans l'eau, qui bientôt lui monta jusqu'au torse.

– Prends-moi par les épaules, petite, lança-t-il.

Murphy me grimpa dessus pour s'asseoir sur ma tête. Je m'engageai dans l'eau à mon tour, nouai les bras autour du large cou d'Armon, et il s'enfonça dans l'obscurité à la nage, tenant la torche d'une main et pagayant de l'autre. Très vite, il put de nouveau marcher ; je me laissai tomber de son dos et barbotai jusqu'à reprendre pied. Lorsque je le rejoignis, il se tenait devant une lourde porte de bois sertie dans les fondations mêmes de la tour. Quoique abîmée par les ans et l'humidité, elle constituait un obstacle de taille.

Armon me tendit la torche, puis explora du bout des doigts le haut et les deux côtés du battant. La tour gronda une fois encore, une pluie de terre s'abattit sur nous. Je fermai les yeux, convaincue que nous avions laissé échapper notre chance, que nous finirions ensevelis sous les décombres. Mais la Tour Ténébreuse tenait bon, elle n'était pas encore prête à s'écrouler.

– Abaisse la torche par ici, dit Armon en montrant un point à ses pieds.

J'obéis, éclairant la boue et le bas de la porte. Là, il y avait un espace suffisant pour qu'Armon puisse y passer les mains.

– Et maintenant, du large, ordonna-t-il en s'accroupissant.

Il attendait que je m'écarte, mais je n'avais nulle part où aller. À reculons, j'entrai dans l'eau et continuai de m'y enfoncer jusqu'à ce que seuls ma tête et mon bras en dépassent. Agrippé à mes cheveux, Murphy les tirait un peu plus à chaque pas en arrière. Je dus lui ordonner de se calmer.

Rassemblant toutes ses forces, Armon souleva la porte avec un grognement dont l'écho retentit à travers la caverne. Le battant sortit de ses gonds, et le géant tomba à la renverse pour atterrir à deux pas de moi, produisant une vague qui me passa pardessus la tête. Dans la seconde qui suivit, il me saisit le bras pour me tirer vers la porte. Nous étions trempés comme des soupes, la torche n'était plus qu'un moignon noir fumant. Désarçonné par la vague, Murphy pataugeait derrière moi.

L'ouverture donnait sur un long couloir de pierre éclairé par des torches accrochées aux murs. Je pris Murphy, dont la fourrure mouillée était comme de la mousse après la pluie, et j'enfilai le couloir en courant, talonnée par Armon. Tandis que la tour tremblait au-dessus de nos têtes, nous descendîmes les marches qui menaient aux oubliettes. Les énormes poutres ne cessaient de grincer sous la pression. Tout allait s'écrouler dans la minute – peut-être dans la seconde.

Au bas de l'escalier, nous débouchâmes dans une longue salle au sol de terre battue, bordée de chaque côté par cinq arches de pierre entre lesquelles étaient accrochés des flambeaux. Au bout de la salle trônait un grand fauteuil. Un trousseau de clés pendait de l'un de ses accoudoirs et, tout près du fauteuil, un étroit escalier de pierre montait se perdre dans les ténèbres.

Empoignant une torche, Armon traversa la salle, éclairant une à une les arches barrées par des grilles aux épais barreaux de fer. Ce ne pouvaient être que les cachots du donjon.

– Catherine ! hurlai-je alors, mais personne ne me répondit.

Nous passâmes devant les deux premières cellules, qui étaient vides. Puis, dans la troisième sur la gauche, nous vîmes un corps recroquevillé dans un coin. Armon me confia le flambeau. Empoignant les barreaux, il tenta de les écarter en grondant comme un forcené. Hélas, la fatigue l'avait affaibli. Reculant d'un pas, il examina l'obstacle d'un air surpris – il ne comprenait pas qu'une grille lui résiste. Puis, plissant le front, il fit une nouvelle tentative. Au moment où, enfin, les barreaux s'écartaient avec une lenteur douloureuse, Murphy se mit à couiner :

– Fa peut fervir.

Il tenait le trousseau de clés entre ses dents, ce qui nuisait à sa diction. Armon regarda notre brave Murphy et sourit.

– Tu compenses ta petite taille par ton intelligence supérieure, dit-il en lui prenant les clés.

Il en inséra une dans la serrure, et la grille s'ouvrit. Aussitôt, je me précipitai dans le cachot humide, appelant Catherine par son nom. Je m'agenouillai près du frêle corps roulé en boule dans ses vêtements sales et fripés. Baissant la tête, Armon vint me rejoindre, occupant presque tout l'espace à lui seul.

Je touchai le corps inerte, lui secouai l'épaule, écartai du visage les cheveux en désordre. Et je la reconnus. C'était bien elle, la femme que j'appelais

Renny Warvold et dont mon aventure m'avait appris que c'était Catherine. Maigre à faire peur, elle respirait à peine, mais c'était elle. Soulevant les paupières, elle me regarda avec tant de joie que je dus me retenir de la serrer dans mes bras pour ne pas la briser. J'en avais mal au cœur de la voir dans cet état.

– Alexa ? souffla-t-elle.

Armon m'écarta, prit Catherine sur son bras et sortit du cachot. Les murs s'effritaient déjà, la salle retentissait d'un tonnerre annonçant la catastrophe prochaine. Le message était clair : nous aurions tout le temps de refaire connaissance plus tard. À mon grand étonnement cependant, Armon repartit en direction des cellules que nous n'avions pas encore inspectées.

– Où allez-vous, Armon ? m'écriai-je. Il faut sortir d'ici, ou nous sommes perdus !

Et ce fut le miracle. Jamais je n'aurais rien imaginé de tel dans mes rêves les plus fous. Pendant que nous nous occupions de Catherine, Murphy avait apporté les clés vers un autre cachot, à présent ouvert. Alors que nous approchions de la dernière arche sur la gauche, un homme en sortit lentement à la lumière des torches. Il avait une longue barbe blanche, semblait solide malgré sa maigreur, et je le reconnus sur-le-champ.

– Vous arrivez à point nommé, cher Armon. Encore que vous auriez pu presser un peu le mouvement. Cette tour est à deux doigts de s'abattre sur nos têtes.

Portant toujours Catherine, Armon s'inclina bien bas :

– Mes excuses, Monsieur Warvold.

Warvold ! Vivant ! Comment était-ce possible ? Ganesh l'avait empoisonné. Il était mort. J'étais bien placée pour le savoir puisque j'étais là. Ses notes nous avaient conduits jusqu'à l'endroit où nous étions maintenant... Nous attendait-il ici depuis le début ? Mystérieusement vivant à notre insu ?

– Incroyable ! m'exclamai-je.

Ignorant ma remarque, Warvold dévisageait Catherine. Il l'effleura doucement, peut-être pour la première fois depuis des années.

– Comment va-t-elle ?

– Elle se remettra, répondit Armon.

Puis, jetant Warvold sur son épaule, il sortit de la salle aussi vite qu'il le put. Courant derrière à la lueur des flambeaux, je regardai les cheveux blancs de Warvold danser devant son visage, secoués par les pas du géant. Je surpris son regard, et il m'adressa un clin d'œil, me sourit de son beau sourire d'autrefois. Il paraissait plus jeune que dans mes souvenirs. En cet instant, sa voix résonna en moi, éveillant un écho qui me toucha comme jamais. Depuis toujours, je savais qu'il m'aimait, que nos relations avaient quelque chose de particulier, mais je n'étais pas consciente de ce que j'avais accompli avant de l'entendre de sa bouche.

– J'étais sûr que tu y arriverais, Alexa ! Tu as renversé la situation en notre faveur !

Tandis que les murs vacillaient, nous quittâmes le donjon à toutes jambes, prenant la mort de vitesse, avec Catherine et Thomas revenus parmi nous. Après être sortis de la tour, avoir traversé le bassin à la nage, nous courûmes le long du mur en direction du lac. Nous l'atteignions tout juste quand un bruit de tonnerre nous arrêta. La tour ! La tour s'écroulait ! Dans un vacarme assourdissant, comme celui de vagues qui s'écrasent contre les rochers un jour de tempête, elle dégringolait à terre en un grand tas de gravats. S'enfonçant à regret dans l'oubli, elle mit un temps infini à tomber. Elle bascula sur notre gauche, les murs gondolèrent à sa base, et tout l'édifice s'effondra. Quand le nuage de poussière se dissipa, nous vîmes que les marches qui conduisaient à l'entrée de la tour étaient encore intactes ; brisé net au sommet, l'escalier reposait sur un amas de pierres. Et puis, les hommes et les femmes de Castalia entreprirent de le gravir. Dans la pâle lueur du matin naissant, ils s'élevaient au-dessus du sol, marche après marche, agitant les bras et lançant des cris de joie tout en montant.

L'aube d'un jour nouveau se levait pour Castalia.

Armon déposa Warvold à terre et lui confia Catherine. Elle était consciente à présent, rendue à la vie par l'air frais et le fracas de la Tour Ténébreuse qui sombrait. En s'appuyant à moi, elle parvint à se tenir debout, et Warvold la serra contre lui.

Regardant vers le lac, je vis apparaître les premiers rayons du soleil, et puis là-bas, sur l'horizon, un point qui s'éloignait – Grindall et ses ogres en fuite vers les Monts Obscurs.

XXIV
La descente des falaises

Nous restâmes un moment encore face aux décombres ; Warvold me tenait par le bras et Murphy claquait des dents sur son épaule. Au regard anxieux de mon vieil ami, je me doutais déjà que ce temps de repos serait de courte durée.

– Il faut partir sans tarder, dit-il. Notre mission ne fait que commencer, j'en ai peur.

Armon souleva Catherine de terre, et, de nouveau, nous fûmes dans l'eau jusqu'aux cuisses pour contourner le mur du bassin. De l'autre côté, nous retrouvâmes Balmoral, que Warvold semblait connaître aussi.

– Ravi de vous revoir, Balmoral. Vous m'avez l'air d'avoir passé une soirée mémorable.

– Oh, ça oui, Monsieur ! D'autant meilleure que vous êtes là avec Madame Catherine.

– Balmoral, si je peux me permettre de vous demander un service, auriez-vous la bonté de nous apporter immédiatement sur les falaises la corde la plus longue et la plus résistante que vous trouverez ? Rendez-vous là-bas avant le grand départ. Oh, et pendant que vous y êtes, envoyez-nous John. Il nous accompagne, bien sûr.

Nous regardions Warvold dans un silence gêné, ne sachant trop comment lui annoncer la nouvelle. Enfin, Catherine prononça les paroles qu'aucun de nous n'osait articuler :

– Il est mort, n'est-ce pas ? Il est mort pour nous protéger.

Nos yeux allaient de Catherine à Warvold. Les mots ne nous venaient pas et nous nous contentâmes de hocher la tête. Puis Balmoral se décida :

– Non, Madame. Ce n'est pas tout à fait juste. Il est mort pour sauver beaucoup plus que vous deux. Il est mort pour tenter de sauver Castalia et, si j'en crois les ruines de cette tour, il a réussi.

Balmoral marqua une pause avant de poursuivre :

– Je crains fort que Grindall n'ait emmené Monsieur Yipes, et nous ignorons s'il est mort ou vivant.

– Il est vivant, coupai-je. Grindall m'a dit qu'il ne le tuerait pas si je lui apportais la dernière des Jocastes à Bridewell dans trois jours.

Toujours calme et imperturbable dans son rôle de chef, Warvold manifesta alors quelque inquiétude :

– Il nous faut agir vite. Notre petit ami n'est pas seul en danger. Si Grindall compte s'emparer de Bridewell, les derniers murs d'enceinte ne lui résisteront pas longtemps.

– Ce n'est pas tout, ajoutai-je.

Intrigué, Warvold haussa un sourcil, puis écouta la suite avec attention.

– Grindall disait aussi que Ganesh travaillait pour lui...

– Ce n'est pas vraiment une surprise.

– Oui, seulement, après m'avoir parlé de Ganesh, il a laissé échapper une remarque, et je me suis demandé s'il n'aurait pas un autre espion dans Bridewell ou ses environs.

Cheveux blancs dansant sous la brise, Warvold plissa le front et réfléchit un moment :

– Je m'étais posé la question et je ne vois pas qui cela pourrait être. Nous devrons donc redoubler de prudence dans les jours qui viennent et ne pas faire confiance à la légère.

Sur ces mots, il reporta son attention sur Balmoral pour lui rappeler son devoir. Balmoral resta un instant planté là, puis, se souvenant soudain de sa mission, il déclara :

– Je file vous chercher cette corde.

Et il s'en fut en courant tandis que, d'un bon pas, nous longions les ruines de la tour, saluant quelques Castaliens au passage.

Tout en marchant, Warvold se retournait souvent vers moi. Ses yeux verts brillaient comme au temps de mon enfance. J'admirais son autorité et sa prestance. La peur m'avait quittée. J'anticipais la suite de l'aventure avec enthousiasme. Une chose me tracassait cependant :

– Warvold, pourquoi aller sur les falaises ? Ne devrions-nous pas plutôt poursuivre Grindall dans les Monts Obscurs ?

– Trop dur pour un homme de mon âge, Alexa.

Sa réponse me laissa perplexe : il ne peinait pourtant pas à suivre Armon et ses pas de géant !

Odessa, Scroggs et Piggott nous escortaient. Plus grande d'une bonne tête et plus forte que les chiens, la louve avait su gagner leur respect. Piggot et Scroggs l'avaient acceptée pour chef.

– Il me semble que nous avons obtenu certains succès aujourd'hui, remarqua-t-elle.

– Pas autant que nous l'espérions.

Et je racontai aux chiens la fuite de Grindall et les malheurs de Yipes.

À notre arrivée sur les falaises, la brume flottait comme toujours à quelques pieds de la crête rocheuse. Balmoral apparut bientôt, accompagné de deux de ses hommes. À eux trois, ils portaient un long cordage épais.

Je jetai un coup d'œil dans le vide. Partout où l'océan rejoint la côte, on trouve ces mêmes falaises de roches noires déchiquetées. En se penchant, on découvre une nappe de brouillard si dense que l'eau reste invisible. Blanche et cotonneuse, elle s'étend à perte de vue, vous donne l'impression de flotter au-dessus des nuages, l'impression qu'un pas de trop vous précipiterait dans une chute interminable. Sans le bruit violent des vagues contre les rochers quelque part au fond de l'abîme, on pourrait croire que cette terre est une île perdue dans le ciel.

– Voilà qui est fait, dit Balmoral, interrompant ma rêverie. Vous avez là de quoi encorder tout un troupeau de moutons.

– Attachez-la à ce rocher, et assurez-vous que le nœud est solide, ordonna Warvold.

Du doigt, il désignait un énorme bloc de pierre à une vingtaine de pieds du bord de la falaise.

Avec l'aide d'Armon, Balmoral et ses gardes s'y employèrent. Quelques minutes plus tard, ils venaient nous rejoindre devant la mer de brume.

– Et maintenant jetez la corde par-dessus le bord.

Balmoral hésitait, dévisageant Warvold comme s'il était fou.

– Allez-y ! Jetez-la ! Nous n'avons pas de temps à perdre.

Balmoral obéit. La corde était très longue, d'une bonne centaine de pieds, et elle disparut dans la brume, vers des lieux inconnus qu'aucun de nous n'avait jamais vus.

– Eh bien, vous autres ? Ne restez pas plantés là ! On descend ! Roland attend en bas. Armon, passez devant ! Vous prendrez Odessa sous un bras, et Catherine sur votre dos. Il faut vous mettre à l'abri avant que les chauves-souris ne reviennent.

Le cours d'eau le plus large et le plus tumultueux sur la Terre d'Elyon tenait son nom du seul homme à avoir tenté de naviguer dessus : on l'appelait le fleuve Roland. Après vingt ans passés à construire un bateau qu'il avait appelé le *Warwick Beacon*, Roland s'était embarqué sur les remous du fleuve pour en suivre le cours jusque dans l'océan de Solitude. Je n'étais pas encore née, à l'époque. Il avait disparu, et personne n'avait plus entendu parler de lui. Sans doute avait-il fait naufrage. On le croyait mort depuis longtemps, le *Warwick Beacon* fracassé contre des récifs.

– Roland ? répétai-je incrédule. Il nous attend vraiment en bas ? Avec le *Warwick Beacon* ?

– Je l'espère bien, répondit Warvold. Je lui avais demandé d'être au pied de la falaise pour nous accueillir dans ce genre de circonstances. S'il n'y est pas, j'en serai très déçu.

Sans un mot de plus, il alla prendre la corde et se laissa glisser dans le vide avec un grand sourire. Dès que la brume l'eut englouti, Catherine tendit les bras à Armon. Il la souleva de terre, l'installa sur son large dos, et se pencha vers les chiens et la louve :

– Odessa, je suis désolé, cela risque d'être un peu inconfortable.

Prenant Odessa sous le ventre, il la cala contre son flanc, puis, ainsi chargé, il se rendit au bord de la falaise, agrippa la corde de sa main libre et disparut à son tour dans le brouillard, nous laissant tous pantois.

– Je ne sais pas, soupira Balmoral en secouant la tête. Qui nous prouve que Roland est en bas ?

Murphy eut un haussement d'épaules, donna quelques rapides coups de queue et se précipita vers la corde. Au bord de la falaise, Piggott et Scroggs le regardèrent disparaître, lui aussi. J'observais Balmoral et il m'observait. Sur la falaise déserte en compagnie des deux chiens, nous hésitions encore. À l'expression de mon compagnon humain, je compris qu'avant longtemps je resterais seule au bord du gouffre. Il jeta un coup d'œil en arrière, en direction du lac et des docks. Je ne peux qu'imaginer les émotions qu'il ressentait.

– Les années de règne de Grindall sur Castalia ont été bien dures pour nous, dit-il enfin. Nous devons l'arrêter. Nous sommes seuls à connaître le danger qu'il représente. Si nous parlions, personne ne nous croirait.

Pensif, il frottait l'herbe de ses pieds :

– D'après Warvold, c'est l'affaire de quelques jours. Je serai rentré d'ici une semaine.

À un jet de pierre de nous, les deux gardes s'étaient mis en retrait et attendaient. Il se tourna vers eux et leur cria :

– Expliquez à Mary et à Julia que le devoir m'appelle. Il faut que j'aille sauver le monde avec Thomas Warvold. Je serai de retour dans une semaine.

Les deux hommes partirent en courant vers les docks, Balmoral empoigna la corde, glissa le long de la falaise et s'évanouit comme les autres dans la brume cotonneuse.

J'étais seule face à l'abîme avec Piggott et Scroggs. Un étrange silence nous enveloppait. Le soleil se levait sur le lac, et la chaleur montait rapidement.

– C'est ce qu'on appelle un acte de foi, remarqua Piggott.

Il fit un signe à Scroggs, et tous deux s'éloignèrent vers la Cité des Chiens. Je me demandais ce qu'il adviendrait d'eux dans la nouvelle Castalia, ce qu'il adviendrait de tous les chiens sauvages. Ils s'étaient battus comme des braves, mais combien de temps les Castaliens se souviendraient-ils de l'héroïsme de ces créatures affaiblies ? La Cité des Chiens resterait sans doute leur unique refuge.

Un acte de foi. Je me sentis soudain très lasse. En aurais-je jamais fini de cette mission ? Pouvais-je espérer m'asseoir un jour auprès du feu pour bavarder avec Catherine, Yipes et Warvold ? La Terre d'Elyon était beaucoup plus vaste et plus effrayante que je ne le pensais.

« Seul l'océan de Solitude permet d'atteindre la Dixième Cité. »

Cette voix du vent dans ma tête suffit à me rassurer. Serrant ma Jocaste dans sa bourse de cuir, je jetai un dernier regard à la Tour Ténébreuse détruite. Libéré de Grindall et des ogres, le peuple de Castalia était en liesse. Le moment était venu de partir.

À quatre pattes, j'allai jusqu'au bord de la falaise et, empoignant la corde, je m'enfonçai lentement dans la brume mousseuse.

XXV
La poursuite commence

L'humidité rendait la falaise glissante, mes pieds dérapaient, je me cognais les genoux et les coudes contre la dure paroi. Le brouillard mouillait aussi, me couvrant les cheveux et le visage de délicates gouttelettes rafraîchissantes qui donnaient à mes lèvres un goût salé. Il était si dense que je voyais à peine mes mains sur la corde tandis que je descendais, toujours plus consciente que jamais je n'aurais la force de remonter.

Des voix me parvenaient d'en bas, en partie couvertes par le doux et constant clapotement des vagues contre les rochers, le chuintement de l'eau pénétrant la terre. Au fil de ma lente progression, la brume paraissait s'éclaircir et, soudain, j'en sortis tout à fait. Je regardai en l'air l'épais matelas de coton blanc qui s'étendait vers le large jusqu'à l'horizon, plafond de nuages humides flottant à cinquante pieds au-dessus de la mer. Puis je baissai les yeux et vis, à mon grand étonnement, un vaisseau de bonne taille qui se balançait au rythme des flots. Il était trop près de la falaise, beaucoup trop près, si près que je me demandai s'il ne s'était pas échoué sur les rochers, si l'océan ne s'engouffrait pas déjà dans sa cale.

Bientôt, je constatai que la falaise se creusait en une grotte dont le navire, à l'abri des tempêtes, dépassait en partie. J'étais à quinze pieds du but quand Armon me fit signe de lâcher la corde – comment résister au plaisir de sauter dans les bras d'un géant ?

Un homme apparut à l'avant du bateau, un homme que je n'avais jamais vu, mais dont je devinai aussitôt l'identité. Roland, bien sûr. Avec ses vêtements déchirés, ses longs cheveux jaunes et sa barbe, sa peau tannée comme un vieux cuir et ses yeux perçants d'un bleu de cobalt, il avait l'air salé par les embruns. Il portait sur la tête un drôle de chapeau ; ni longues, ni courtes, les manches de sa chemise s'arrêtaient sur ses avant-bras. Ses pieds et ses chevilles nus semblaient n'avoir pas été couverts depuis longtemps, et les poils blancs frisés de ses mollets s'agitaient dans le vent tandis qu'il s'approchait, avec un plateau couvert de poisson séché et de pain. Lorsqu'il fut parmi nous, j'eus l'impression qu'il était le seul membre d'équipage.

– Désolé de t'avoir fait attendre, Thomas, déclara-t-il. Je tenais à vérifier les ancres pour m'assurer que nous n'allions pas cogner contre la falaise. Le *Warwick Beacon* est un bon vaisseau, mais il a besoin d'attentions.

– Je comprends, dit Thomas, plus énergique de minute en minute. Roland nous a préparé un repas, et personne n'est plus enthousiaste à l'idée de manger que Catherine et moi. Si on se mettait à table ?

Roland posa son plateau au milieu du groupe. Armon se servit le premier, prit du poisson, une tranche de pain, puis il passa la nourriture à Thomas et Catherine. Je découvris par la suite que Roland était en mer depuis treize ans et faisait halte régulièrement près de l'endroit où nous nous trouvions. Depuis un an, il attendait au pied de ces falaises. Dans la grotte, il avait trouvé de l'eau de source et n'avait jamais manqué de poisson pour se nourrir. Le pain était un luxe ; il avait prélevé la farine et l'huile sur les réserves qu'il avait emportées dans les soutes à son départ. Il y aurait beaucoup à raconter sur la construction du bateau, les longues années de navigation et les aventures de Roland. Ce sera pour une autre fois.

Warvold entreprit de nous expliquer une foule de choses. Je ne vous parlerai que des plus importantes.

Pour commencer – cela ne surprendra personne –, il nous apprit que Roland et lui étaient frères, aventuriers tous les deux, l'un sur terre, l'autre sur mer. Ils partageaient de nombreux secrets, avaient imaginé un moyen pour se transmettre des messages en choisissant des lieux où Warvold laissait tomber des falaises une corde avec un drapeau rouge, quelques provisions, et des nouvelles d'en haut. Roland envoyait aussi des messages à son frère, mais Warvold n'en dit pas grand-chose, préférant garder le secret.

Le dernier message qu'avait reçu Roland était arrivé au pied des falaises de Lathbury, ma ville natale. Ce message l'informait qu'il devrait attendre un an plus tard à l'extrême pointe ouest de la Terre d'Elyon, à l'endroit où un drapeau rouge flotterait au-dessus de l'eau. Armon avait été dépêché pour accrocher le drapeau au moment où Warvold était parti dans l'intention de délivrer Catherine. À la même époque, il avait confié une lettre pour moi à Yipes en lui disant d'attendre un an avant de me la remettre.

Warvold espérait soumettre Grindall à lui seul, sans aide extérieure. Or, il avait été capturé et envoyé au cachot, où nous l'avions retrouvé. Naturellement, j'étais curieuse de savoir pourquoi il s'était lancé en solitaire dans cette entreprise téméraire. À quoi il me répondit d'un ton détaché :

– Qu'est-ce que tu me chantes ? J'avais prévu des aides de toutes sortes. Regarde autour de toi : Roland, Armon, Murphy, Yipes, Balmoral – et toi aussi, Alexa. J'avais bon espoir que ma propre intelligence suffirait. Grindall s'est hélas révélé plus malin que je ne m'y attendais. Je n'avais cependant pas surestimé mes chances. Conscient que votre aide à tous ne serait peut-être pas superflue, je ne souhaitais y recourir qu'en cas de nécessité absolue.

Une fois de plus, j'étais frappée par son brillant esprit. Lui seul était capable de concevoir un plan impliquant chacun de nous, et de nous tenir à une saine distance jusqu'à ce qu'il soit prouvé qu'il avait échoué à sauver Renny.

Warvold nous raconta ensuite comment il avait feint sa propre mort le soir où il m'avait emmenée en promenade de l'autre côté du mur d'enceinte de Bridewell. Il savait que Ganesh complotait pour prendre les cités fortifiées. Warvold avait alors d'autres soucis en tête. Catherine avait été enlevée. Il avait résolu de la rejoindre, de révéler ce qu'il savait à des personnes choisies au moment opportun, puis de libérer sa femme et les Castaliens de la tyrannie de Grindall.

Il avait donc élaboré une mise en scène complexe qui commençait par la tentative d'empoisonnement imaginée par Ganesh. Averti du danger, Warvold avait absorbé une potion de sa composition au lieu du poison, potion qui ralentissait le cœur et la respiration au minimum. Seul Grayson, le fidèle bibliothécaire, l'ami cher, était au courant. Dans les jours qui suivirent la prétendue mort de Warvold, Grayson veilla le corps et le mit en bière. Tandis que toute la population en deuil pleurait sa perte, Warvold et Grayson mangeaient des tartines de confiture de fraises avec du thé dans les recoins secrets de la bibliothèque. Le moment des funérailles venu, Warvold reprit une dose de potion et dormit pendant les cérémonies. Enfin, Grayson prépara le corps pour la mise en terre à sa façon : il remplaça Warvold par un long sac de sable, et prit congé de son ami qui partait en voyage.

– J'ai encore quelques petites choses à vous dire, et nous pourrons hisser les voiles, déclara Warwold avec cet air de promettre la lune, cette expression qui lui permettait d'obtenir ce qu'il voulait des hommes comme des bêtes.

« Aujourd'hui, nous avons porté un rude coup à Abaddon. La tâche est cependant loin d'être terminée. Grindall est libre, et nous sommes les seuls à pouvoir l'arrêter. Il emporte avec lui l'un de nos plus chers amis. Nous sommes aussi les seuls à pouvoir sauver Yipes.

« Dans les jours qui viennent, nous voguerons sur les flots, protégés par la brume, tout en préparant notre plan de bataille. Nous devons être plus rusés que des renards, car Grindall et ses ogres n'aspirent qu'à nous détruire. Obsédé par la pierre, Grindall fera tout pour s'en emparer, semant la désolation derrière lui. »

Warvold s'interrompit, le temps de peser soigneusement ce qu'il dirait ensuite.

– S'ils ont lu la lettre que tu as laissée à ton père, Alexa, Nicolas, Grayson et Pervis attendent Grindall et ses ogres. Ton père aussi, Alexa. Il y a beaucoup de choses que tu ignores encore, j'ai mes raisons pour garder ces secrets. Le sort de la Terre d'Elyon est suspendu à ton cou. Si nous voulons réussir, il te faut porter ce fardeau avec l'aide de tes amis.

Il prit une miche de pain, en détacha un morceau avant de nous révéler un dernier détail essentiel – détail que je connaissais déjà :

– Avec l'aide de la dernière Jocaste, nous devons trouver la Dixième Cité.

Je compris alors qu'aucun de nous, pas même Warvold, ne savait pourquoi nous devions nous y rendre. Une mission dépassant notre imagination nous attendait là-bas, au-delà du Traître Champ, dans ce lieu entouré de mystères.

Quand Warvold se tut, Roland alla lever l'ancre, et Armon plongea dans l'eau pour nous pousser à la nage, loin des falaises et dans le vent. On hissa les voiles.

Nous étions en route vers de nouvelles aventures, des aventures que j'étais trop lasse pour envisager avant le lendemain. Tandis que le vent nous portait sur les flots bleus que je n'avais encore vus qu'en rêve, je me roulai en boule sur le pont, avec une vieille couverture pour oreiller. Il faisait plus frais sous le manteau de brume, une température douce, agréable. Murphy se blottit contre moi, et je le caressai d'une main légère en murmurant :

– Tiens bon, Yipes. Nous venons à ton secours.

Puis je m'endormis, bercée par les vagues, voguant sur l'eau qui me ramènerait chez moi, goûtant la compagnie silencieuse de l'océan de Solitude.

Ce serait là mon dernier moment de calme avant longtemps.

À suivre...

À propos de l'auteur

Patrick Carman affirme qu'il ne possède pas et n'a jamais possédé de Jocaste ou tout autre joyau permettant la communication entre espèces, fût-ce par télépathie. Les personnes qui souhaiteraient se procurer de telles pierres seraient mieux avisées d'aller chercher ailleurs.

M. Carman parle cependant aux jeunes de son espèce, parfois de vive voix, et parfois à travers les livres. Il vit en pleine nature, à l'est de l'État de Washington, et assure que sa maison n'est pas entourée de murailles.

M. Carman ne joue d'aucun instrument de musique, mais il paraît qu'après dîner il lui arrive de torturer ses invités en s'essayant à l'harmonica. Il partage son temps entre l'écriture, les rencontres avec le public, sa femme et ses deux filles, la lecture, la pêche à la mouche, et le snowboard.

Pour en savoir plus sur Patrick Carman et la Terre d'Elyon, rendez-vous sur le site :

www. scholastic.com/landofelyon

Remerciements

En plus des personnes citées dans *Le mystère des Monts Obscurs*, j'aimerais remercier Charisse Meloto pour son énergie inépuisable et son esprit d'entreprise ; Jennifer Pasenan, Rachel Coun et Katy Coyle – devant leur enthousiasme et leur puissance de travail, je me suis demandé comment j'avais pu accomplir quoi que ce soit avant de les rencontrer ; Barbara Marcus et Jean Feiwel, qui ont fait en sorte que je me sente chez moi dans un endroit peu familier ; Remy Wilcox, pour son regard critique et son soutien indéfectible ; et enfin Jeremy Gonzalez, qui a tout risqué pour moi.

Cet ouvrage a été mis en pages
par DV Arts Graphiques à Chartres

Impression réalisée sur CAMERON par

CPI
Brodard & Taupin
La Flèche

pour le compte des Éditions Bayard
en août 2007

Imprimé en France
Dépôt légal : août 2007
N° d'impression : 43072